文通天下

突　破　认　知　的　边　界

活得通透

[新加坡]蔡澜 著

by
Lam Chua

光明日报出版社

目录

Contents

第一章

『任性』的哲学

享受人生的快乐，由牺牲一点点健康开始。

第二章 当头一棒

真正的惨，是十七万人失业，才叫惨。

第三章

人绝对可以貌相

古人说，人不可貌相。我却说，人绝对可以貌相，我是一个绝对以貌取人的人。

第四章 做自己最快乐

味道要自己去感觉，去比较，才能了解。

第五章

学学问问，就学会了

所谓学问，学学问问，就学会了嘛。最怕你不愿去学，不肯去问。

第六章

大吃大喝，也是对生命的一种尊重

我不会吃，我只会比较。

三月暮
花落更情濃
人去鞦韆閒掛月

知音未必能知味

享受人生的快乐，由牺牲一点点健康开始。

第一章

『任性』的哲学

放纵的哲学

“享受人生的快乐，由牺牲一点点健康开始。”尊·休斯敦说。

这个人放纵地过活，但是八十多岁才死。所谓的牺牲一点点的健康，并非一个致命的代价。

大家都知道自由的可贵，但是大家都用“健康”这两个字来束缚自己。

看到举重的男人，的确健康，不过这个做运动的人总不能老做下去，年龄一大，自然缓慢下来。到时他那坚硬的肌肉开始松弛，人就发胖。为了防止这些情形发生，他要不断地健身。试想看到一个七老八十的人全身还是那么一块块的肌肉，和隆胸的妇女，有什么两样？

又有个朋友买了一栋有公共游泳池的公寓，天天游，结果患了风湿。

注重健康，说得难听一点，就是怕死。

烟不抽，酒不喝，什么大鱼大肉，一听到就摇头。

好，谁能担保不会有个人，二十多岁就患肺动脉高压？哪一人能够胆说自己绝对不会遇上空难、车祸、火灾、洪水和高空掷物？

想到这里，更是怕死。

怎么办？唯有求神拜佛了。

一个人如果多旅行、多阅读、多经历人生的一切，就不当死是怎么一回事了，这个人绝对在思想上是健康的。

思想健康的人一定长寿，你看那些画家、书法家、作曲家，老的比短命的多。

当然不单单是指做艺术工作的人，凡是思想健康的，不管他们出的是好主意还是坏主意，都死不了。

总认为人类身体上有一个自动的刹车器，有什么大毛病之前，一定先感到不舒服。如果你精神上健康，一不舒服就休息，便不会因为过度纵欲而病倒。

喝酒喝死的人，也可能是为了精神不正常，像古龙一样的人，明明知道再喝就完蛋，但是还是要喝下去，也许是他认为自己是大侠，也可能是活够了，觉得这个世界没有什么事是新鲜的了。

吃东西吃死的例子倒是不少。

什么胆固醇，从前哪里听过？还不是照样活下去。

也许有人会辩论说那是因为几十年前社会还是困苦，人没有吃得那么好，所以不怕胆固醇过多。精神健康的人也不会和他们争执，你怕胆固醇，我不怕胆固醇就是了。近来已经有医学家研究出胆固醇也有好的胆固醇，和坏的胆固醇，我们只要认为所有吃下去的东西都是好的胆固醇，不亦乐乎？那些怕胆固醇的人，失去尝试到好胆固醇的享受，笨蛋。

对暴饮暴食有节制，不是因为不想放纵，而是太肥太胖，毕竟是不美丽。

科学越发达，对人类的精神越是伤害，现在的医学报告已达到污染的程度。

最近研究出喝牛奶对身体无益，打破了牛奶的神话。当然早就说吃咸鱼会致癌，好，那就不吃咸鱼。又听到鸡蛋有太多的蛋白质。什么吃肉只能吃白肉而不吃红肉，等等，唉，大家不知道吃什么才好。

吃斋最有益，最安全，最健康了。吃斋，吃斋。

你以为呢？蔬菜上有农药，吃多了照样生癌！

医学家建议你吃水果之前洗得干干净净。心理上有毛病的人，把它们都洗烂了才够胆去吃。有些医生还离谱到叫你用洗洁精洗蔬菜和水果，体内积了洗洁精也患癌，洗洁精用什么其他精才能洗得脱？

已经证明维生素过多对身体不好。头痛丸有些含了毒素，某种泻药吃了会得大颈泡，镇静剂、安眠药更是不用说了。

算了，吃中药最好，中药性温和，即使没有用也不会有害。人参、燕窝，比黄金更贵，大家拼命进补。但是有许多例子，是因为进补过头，病后死不了，当植物人当了好几年还不肯断气。

植物人最难判断的是到底他们还有没有思想，如果有的话，那么他们一定在想，早知道这样，不如吃肥猪肉，吃到哽死算了。

肉体健康而思想不健康的人，就会出禁这个禁那个的馊主意。这些人终究会失败，像美国禁酒失败一样。现在流行禁烟了。人类要有决定自己生死的自由，虽说二手烟能致命，但有多少例子可举？

制定戒律的人，都患上思想癌症，越染越深，致使“想做就做”的广告也要禁止放映，是多么可怕。

烟、酒和性，不单是肉体的享受，也是精神上的享受，有了精神上的储蓄，做人才做得美满。

让你在身体上有个百分百的健康吧，让你活到一百岁吧，让你安安稳稳地坐在摇椅上，望向远处吧！但是脑袋一片空白，一点美好的回忆都没有，这不叫健康，这叫惩罚。

快点把那本令人厌恶的 *Fit For Life*（《健康生活》）丢进字纸篓去！

医生

“别吃那么多肥腻的东西！”

“喝酒会伤身的！”

“抽烟危害健康！”

“减少吃咸的！”

忽然之间，你身边的人，男男女女、老老少少，都变成医生。

再也不能愉愉快快地吃一顿饱的，举筷之前，总有“医生”啰唆。

再也不能痛痛快快地喝一回够的，倒酒之前，总有“医生”叮咛。

再也不能舒舒服服地抽一支烟，点火之前，总有“医生”劝告。

当然，都出自好意，我知道，谢谢各位的关心。但是既然扮起医生的角色，就要有一点医学常识，不能道听途说。

吃肥腻的东西？两个鸡蛋的胆固醇已高过半碗猪油，自己拼命吃蛋而劝人家别吃回锅肉，就自己要注意了。

喝酒会伤身？西医却叫病人临睡之前来杯白兰地，其实也不必他们来教，法国人早已告诉了你。

抽烟危害健康？因人而定。我老爸一直抽到九十岁做仙人去，我想他还在继续吞云吐雾吧。

人体之中有一个自然的刹车掣，不舒服了，自然停止。我近来酒少喝了，就是这个原因，已经不是一个小孩子，懂得自制。

要扮医生的话，请扮心理医生，用音乐来治疗，用绘画来诊断。

耳根清净，更是治疗病痛的最高境界。劝愈病人，最好带点禅气。

活得不快乐，长寿有什么意思？

还是看开一点就没有事，我常扮专家告诉我身边的友人，不知不觉，也成了“医生”。

胖

一般男人年轻的时候，都有一个莎士比亚所谓的“lean and hungry look”，即消瘦又饥饿的样子。

不单样子，神态也表现出他们对未来的渴望和野心。亚历山大征服半个地球，也是这个时候，我还在干些什么？

一日又一日，一年复一年，在不知不觉的渐进之中，年轻人步入中年，又踏进初老，这时他们照照镜子，惊讶自己的肥胖。

古人总有一个解释，他们说：“中年发福，好现象。”

的确，到了中年，还要消瘦又饥饿，太辛苦了。生活条件的好转，令体重增加，本属当然，但是大家不那么想，继续为自己的身形烦恼，永远和青春争一长短，明明知道这是一场打不胜的战。

拼命运动。穷的去健身房，隔玻璃窗给经过的人笑；有钱的打高尔夫球，给更有钱的看不起。

君不见电影上的迈克尔·凯恩、罗伯特·德尼罗，都不是由消瘦又饥饿变为胖子一个?

不，不，你看肖恩·康纳利，他的头虽秃，还那么精壮。哈哈，那是天之骄子，有多少个?你看他当年演的007，还不是消瘦得很?

男人是一种很有容忍力的动物，他们能够接受生活的压力、家人的唠叨、社会的不平，但就偏偏不接受自己的体形。

又老又胖的男人，很失礼吗?那是信心问题，不以财富衡量。家境清贫，但衣着干净，不蓬头垢面，黑西装上没有头皮，指甲修得整齐，是对自己的尊重，别人看见也舒服，与胖和瘦无关。

嫌自己又老又胖的男人，和一天到晚想去整容的女人一样可笑。闲时散散步，看看花，足矣。

反运动

运动，本来是件好事。不必花钱，在公园做做体操，或街头散步，随心所欲。

但是基本的东西往往遭受商业社会破坏，运动已经贵族化了。

你看你身上穿的名牌运动衫，一件多少钱？还有那双像唐老鸭女友穿的大鞋子，什么空气垫，一双上千港币，连绑在额上的头箍，都要几百。全加起来，是一副身家。

本来免费的运动，一进室内就要收钱。参加健美会，先付一笔钱，分十次用，去了一两次，觉得辛苦，结果不了了之。

室内健身室开在某某大厦的二楼，一大排玻璃橱窗，说是让参加者看到外面，其实是要人来看。

目前已没有真正的明星，像詹姆斯·迪恩和玛丽莲·梦露的时代已过去，取而代之的是歌星和运动健将。只要在体坛上一出名，钱财即刻滚滚而来。他们的经理人要钱要得愈来愈多。

足球场、篮球场的建筑，比小学、大学还重要，美国的许多都市的运动场，用不到二十五年即拆掉，花大笔钱去建新的，排污系统却是愈用愈旧。

当今的体育已经成为另一类的崇拜。有的孩子不用读书了，家长鼓励他们搞运动。

我从小讨厌运动，常因体育课不及格而要留级、要换学校。

我一向认为身体健康很重要，但是思想健康更不能缺少。

还是快快乐乐，想做什么就做什么好。不必勉强自己，守人生七字真言错不了，那就是：“抽烟，喝酒，不运动。”

真正的健康

友人的妻子，是报纸上“健康与医疗”版的忠实读者。

“别再吃牛肉了，白肉总比红肉好，报纸上那么说，还是吃鸡！”老婆见到他一睡醒就那么当头一棒。

“吃鸡就吃鸡吧。”他说。

“不过鱼是最健康的。”第二天，太太再来一记。

“吃鱼就吃鱼吧。”他说。

“还是蔬菜好，蔬菜是食物之中最健康的。”第三天，他老婆又宣布。

“吃菜就吃菜吧。”他老早投降，他已经完全知道如果不照做，会换来每天喋喋不休的劝告，又说一切都是为了你的道理。

“报纸上说，鱼肝中有Omega-3（不饱和脂肪酸），对身体有益，多吃几颗。”说完，把一大瓶药丸交在他手上。那种胶囊，有笔壳那么粗，他怀疑是不是喂畜生吃的。

“报纸上说，大蒜能够杀菌。来，早午晚各一粒。”另一瓶大胶囊又交到他手中。

“报纸上说，红酒丸比喝红酒更有效，你就别再喝酒了。”红得像血的药丸多了几瓶。

“哪里来的那么多药，去什么地方买的？”他忍不住问。

“哦。”太太不必隐瞒，“认识了一个做销售的朋友。”

“我快疯了。”这句话当然不是在他老婆面前说，只是偷偷地告诉我。

“太太的话一定要听呀！”我说。

他更愁眉苦脸，点点头。

“但是我没教你照做。”我说。

他开始有了笑容。从此，他老婆一转身，他就把所有的药丸丢掉。他老婆一出去打麻将，他就到“方荣记”叫三碟肥牛打边炉。他是我友人之中最健康的一个。

吃，也是一种学问

有个聚会要我去演讲，指定要一篇讲义，主题说吃。我一向没有稿就上台，正感麻烦。后来想想，也好，作一篇，今后再有人邀请就把稿交上，由旁人去念。

女士们、先生们：吃是一种很个人化的行为。什么东西最好吃？妈妈的菜最好吃。这是肯定的。你从小吃过什么，这个印象就深深地烙在你的脑里，永远是最好的，也永远是找不回来的。

老家前面有棵树，好大。长大了再回去看，不是那么高嘛。道理是一样的。当然，目前的食材已是人工培养，也有关系。怎么难吃也好，东方人去外国旅行，西餐一个礼拜吃下来，也想去一间蹩脚的中餐厅吃碗白饭。洋人来到我们这里，每天鲍参翅肚，最后还是发现他们躲在快餐店啃面包。

有时，我们吃的不是食物，是一种习惯，也是一种乡愁。一个人懂不懂得吃，也是天生的。遗传基因决定了他们对吃没有什么兴趣的话，那么一切只是养活他们的饲料。我见过一对夫妇，每天以即食面维生。

喜欢吃东西的人，基本上都有一种好奇心。什么都想试试看，慢慢地就变成一个懂得欣赏食物的人。对食物的喜恶大家都不一样，但是不想吃的东西你试过了没有？好吃，不好吃？试过了之后才有资格判断。没吃过你怎知道不好吃？吃，也是一种学问。这句话太辣，说了，很抽象。爱看书的人，除了《三国演义》《水浒传》和《红楼梦》，也会接触古希腊的神话、拜伦的诗、莎士比亚的戏剧。

我们喜欢吃东西的人，当然也需尝遍亚洲、欧洲和非洲的佳肴。吃的文化，是交朋友最好的武器。你和宁波人谈起蟹糊、黄泥螺、臭冬瓜，他们大为兴奋。你和海外的香港人讲到云吞面，他们一定知道哪一档的最好吃。你和台湾人的话题，也离不开蚵仔面线、卤肉饭和贡丸。一提起火腿，西班牙人双手握指，放在嘴边深吻一下，大声叫出："mmmmm。"

顺德人最爱谈吃了。你和他们一聊，不管天南地北，都扯到食物上面，说什么他们妈妈做的鱼皮饺天下最好。政府派了一个干部到顺德去，顺德人和他讲吃，他一提政治，顺德人又说鱼皮饺，最后干部也变成了老饕。

全世界的东西都给你尝遍了，哪一种最好吃？笑话。怎么尝得遍？看地图，那么多的小镇，再做三辈子的人也没办法走完。有些菜名，听都没听过。对于这种问题，我多数回答："和女朋友吃的东西最好吃。"

的确，伴侣很重要，心情也影响一切，身体状况更能决定眼前的美食吞不吞得下去。和女朋友吃得最好，绝对不是敷衍。谈到吃，离不开喝。喝，同样是很个人化的。北方人所好的白酒、二锅头、五粮液之类，那股味道，喝了藏在身体中久久不散。他们说什么白兰地、威士忌都比不上，我就最怕了。洋人爱的餐酒我只懂得一点皮毛，反正好与坏，凭自己的感觉，绝对别去扮专家。一扮，迟早露出马脚。

应该是绍兴酒最好喝，刚刚从绍兴回来，在街边喝到一瓶八块人民币的“太雕”，远好过什么八年十年三十年。但是最好最好的还是香港“天香楼”的。好在哪里？好在他们懂得把老的酒和新的酒调配，这种技术内地还学不到，尽管老的绍兴酒他们多的是。我帮过法国最著名的红酒厂厂主去试“天香楼”的“绍兴”，他们喝完惊叹东方也有那么醇的酒，这都是他们从前没喝过之故。

老店能生存下去，一定有它们的道理，西方的一些食材铺子，如果经过了非进去买些东西不可。像米兰的IL Salumaio的香肠和橄榄油，巴黎的Fanchon的面包和鹅肝酱，伦敦的Fortnum&Mason的果酱和红茶，布鲁塞尔的Godiva的巧克力等。鱼子酱还是伊朗的比俄国的好，因为从抓到一条鲟鱼，要在二十分钟之内打开肚子取出鱼子。上盐，太多了过咸，少了会坏，这种技术，也只剩下伊朗的几位老匠人会做。

但也不一定是最贵的食物最好吃，豆芽炒豆卜，还是很高的境界。意大利人也许说是一块薄饼。我在那波里也试过，上面什么材料也没有，只是一点番茄酱和芝士，真是好吃得要命。有些东西，还是从最难吃中变为最好吃的，像日本的所谓什么中华料理的韭菜炒猪肝，当年认为是咽不下去的东西，当今回到东京，常去找来吃。

我喜欢吃，但嘴绝不刁。如果走多几步可以找到更好的，我当然肯花这些工夫。附近有家藐视客人胃口的快餐店，那么我宁愿这一顿不吃，也饿不死我。

“你真会吃东西！”友人说。不。我不懂得吃，我只会比较。有些餐厅老板逼我赞美他们的食物，我只能说：“我吃过更好的。”但是，我所谓的“更好”，真正的老饕看在眼里，笑我旁若无人也。谢谢大家。

谈吃

发现顺德人和法国人有一个共同点，那就是大家都喜谈吃。

“我妈妈做的鱼皮饺才是最好吃的。”顺德朋友都向我这么说。

“啊，普罗旺斯，”法国朋友说，“那才是真正的法国。那边的菜，才像菜。”

其实东莞的菜也不错，东莞人默默耕耘，不太出声罢了。意大利人和西班牙人也很会吃，他们认为食物和性一样，不必太过公开。

还是很佩服顺德人，见过他们的厨子的刀章，把一节节的排骨斩得大小都一样，炒也炒得把汁都炒干，可真不容易。

我们一直以中国菜自大，但法国菜实在也有它们的道理，把鹅颈的骨头拆掉，酿进鹅肝酱的手艺，不逊中国厨子的花巧。

顺德人和法国人不停告诉你吃过什么什么好菜，怎么怎么煮法，味道如何又如何，听得令人神往，恨死自己不是那些地方出生。

比法国人好的，是顺德人自吹自擂之余，并不看低其他地方的菜肴。法国人不同，他们一谈起酒菜，鼻子抬得愈来愈高。

当我告诉一个法国朋友：“我去意大利的托斯卡纳地区，他们的红酒也不错。”

“是吗？”法国朋友翘起一边眉毛，“意大利也有红酒的吗？”

不过，这都是住在大都会的人，才那么市侩气，乡下的还是纯朴，不那么嚣张。

在南部小镇散步，见到的人都会向你打招呼，还主动说：“Good morning”（早上好）、“Good evening”（晚上好），不像人家所说的，你用英语，他们不回答你。

喜欢谈吃的人，生活条件一定好，物产也丰富，但钱也不存留很多，没有那种必要嘛。大城市的暴发户才穷凶极恶地猛吞鲍参肚翅、鱼子酱或黑菌白菌。悠闲的人，聊来聊去，最多是妈妈做的鱼皮饺罢了。

谈喝

“从前再多三瓶白兰地，也醉不了我！”有人说。

这种想当年的事，最好不开口，讲出来就给人家笑。你当年我没看过，怎么知道？

“来来来，干一杯！”

遇到有人劝酒，高兴就喝，不高兴就别喝。

“有的内地人才不吃这一套，千万别让他们知道你能喝，不然一定灌到你醉为止。假装不会喝最好，说自己有病也行。”友人说。

假的事做来干什么？能喝多少是多少。不能再喝了，对方也不至于那么野蛮来逼你。

“你不了解，和他们做生意一定要喝醉，我上一次和他们干了五瓶五粮液，才接了三万订单回来。”友人又说。

喝坏了身体，净赚三万又如何？

闹酒的心理，完全来自好胜，认输不是那么难接受。第一次认输，第二次面皮就厚了。

喝酒的人，从来不必自夸酒量好。

而什么叫喝酒的人呢?

那就是每喝一口，都感觉酒的美妙。喝到没有味道还追喝，就不是喝酒的人，是被酒喝的人。

大醉和微醺是不同的，前者天旋地转，连黄疸汁都呕吐出来，比死还要难过；后者心情愉快，身体舒服到极点。

大叫“我没醉，我没醉”的人，一定是醉了，不让他们喝，先跪地乞酒，接着恐吓你没朋友做，这种人，已经酒精中毒。

我一位叫周比利的朋友，就是这种被酒喝的人。他长得高大，又相当英俊，年轻时当国泰的空中少爷，后来做到主管。

前几天听到他逝世的消息，心中难过，现在想起，写这篇东西。

愿你我，都做喝酒的人。

我们喝白兰地的日子

在二十世纪七八十年代，我们一坐下来吃饭，一瓶白兰地往桌子中间一摆，气焰万千，大家感到自己是绿林好汉，都要醉个三十六万场。

有条件的多数喝轩尼诗X.O或者马爹利蓝带，再是拿破仑等，就算是旺角的夜宵，也有一瓶长颈FOV，此酒在早期甚被珍惜，后来才沦为次级。

六七个人一桌，一瓶白兰地只能令饮者略有醉意，大多数要喝上两三瓶才能称得上“过瘾”两个字。

以人口来比率，香港成为全世界喝白兰地最多的地方。制造商一面大乐，一面看到我们掺冰掺水，大为摇头。

忽然，我们不喝白兰地了。不只白兰地，连其他烈酒也少了，虽说红白餐酒流行起来，但看身边的人，已经全部滴酒不沾了。香港人一听到猪油就害怕，喝酒也是同一道理，大家怕死，怕得要命。

那天送倪匡兄回家，大家谈起喝白兰地这回事，都大摇其头，说：“香港人，豪气失去了。”

从前，上倪匡家坐，手上一定有瓶白兰地当礼物。其实自己也要分来喝，喝着喝着，一瓶就干完，他要到书房再拿一个半瓶装的蓝带出来，才算过瘾。

很奇怪地，倪匡兄认为蓝带白兰地，半瓶装比一瓶的好喝得多，我不会品尝，也没做过比较，只是相信他的话罢了。

做《今夜不设防》那个节目时，有马爹利X.O和OTARD X.O两家赞助，打对手的产品在桌子上同时出现，代理商也不在乎，这也许是喝酒喝出豪气来。

倪匡兄和黄霑见到有马爹利，要喝先喝它，我觉得对不起OTARD，便一个人喝。代理商看到了这小动作，送了两箱给我，二十四瓶，我只拿了四瓶，其他的给他们两人分去。

节目一录两个小时，剪成四十分钟出街。第一个小时是用来做热身，和贵宾们一起喝白兰地，到了有点醉意的第二个小时才开始用，前面的都剪掉。

三人之中，倪匡兄酒量最好，黄霑最差。两小时之中，倪匡兄一人要喝一瓶多一点，我半瓶左右，黄霑几杯就要开始脱衣服，他醉了有这个毛病。

倪匡兄与我两人之间，一直保持着这分量。一次从墨西哥飞旧金山探望倪匡兄，他拿出两瓶珍藏的马爹利EXTRA，我租了一辆由女司机驾的大型长车，打开天窗，露出头来，各自吹喇叭，这是我自己干掉一瓶的纪录。

母亲的酒量要比我们都好，她两天喝一瓶白兰地，只喜轩尼诗X.O，一买就是几箱，永不一瓶瓶那么寒酸地购入，老爸把母亲喝过的瓶塞收集起来，用水泥堆成一堵墙。

在日本那段日子，我喝的尽是威士忌，因为日本人没有喝白兰地的习惯，很难买到。回到香港，见大家吃饭都是一瓶瓶的白兰地，我向自己说："要是有一天我也爱上白兰地，那就可以真真正正成为一个香港人。"

果然，白兰地成为我生命中不可分割的一分子，家中白兰地从来没有断过货，也和母亲一样，爱上轩尼诗，现在每一次返家探母，都从柜中拿出一瓶当手信，我已不像从前那么狂饮，剩下不少。

倪匡兄也说自己喝酒的配额已经用光，但好酒的配额还在。的确，他的酒量是减少了，人家送他的佳酿，一瓶瓶摆在柜子上，看看而已。

我们都怀念喝白兰地的日子，红酒虽佳，但倪匡兄总觉得酸溜溜的，要喝很多才有酒意，不像白兰地，灌它几口，即刻飘飘然。

很想看到白兰地恢复从前的光辉，收回市场的失地。威士忌固佳，但也不能被它淹没。

好酒，到了某个程度，都是净饮的。白兰地和威士忌一样，一大口灌下，一道热气直逼肠胃；慢慢喝，感觉则像一段段的喷泉，也有同样的感受。

只有这种烈酒，扳开瓶塞，香味四溢。红酒，只能把鼻子探进玻璃杯才能闻到气息。白兰地和红酒，一刚一柔，截然不同，不可比较。

外国人在饭后才喝，用手暖杯，一小口一小呷。我们的性情比他们豪放，饭前、饭中、饭后，甚至于空肚子，都能喝，就算加冰加水，也是一种喝法，不能像外国人那么墨守成规，不必为之侧目。

当今酒量浅了，要不就喝得少，要不就加冰和苏打水，像威士忌一样喝，自己没觉得有什么不妥就是了，反正不是由别人请客，想怎么喝就怎么喝。

深信身体之中有一个刹车的功能，如果不能再接受酒精，喝下去不舒服，便甭喝了。身体还能享受时，多多少少都要喝一点，朋友们都说不如改喝红酒，我总是摇头。

陪伴我数十年的白兰地，已是老友，红酒则是情妇，遇到极为出众的，偶一来之，两者之分，止于此。

脑中出现一个画面，在幽室之中，斜阳射入，桌上摆着一瓶白兰地，倪匡兄与我，举着圆杯，互相一笑，一口干之。

白兰地万岁。

戒肉

“不如去九龙城方荣记吃火锅吧。”我建议。小朋友要请吃西餐，我不想要她太花钱。“不，不。”小朋友说，“我已经戒吃牛肉，去年妈妈进医院开刀的时候。”

戒食代表一种心愿，是个别的人的选择，轮不到我来说赞成或反对。很欣赏她的孝行，孝顺的人，坏不到哪去。

牛肉的确好吃，尤其是神户的三田牛，入口即化，特有的那种幽香，也是其他品种中难找的，吃它们完全没有心理负担。

我们的牛也不逊三田牛，有时走过方荣记，向店要了一盒肥牛，回家后滚一锅水，下生抽和清酒，再把牛肉放进滚汤之中灼，即刻捞起，等水再沸，放入南姜粉和大量豆芽，又等水沸了再把牛肉倒进汤中，熄火。这时的肥牛刚刚够熟。汤一点味精也不必加，也鲜甜得要命，是我最喜欢做的一道菜。

至于怕不怕疯牛病？我说过我一点也不怕。它有十年的潜伏期，在这十年内好好享受，也已够本。

无泪的日子

年轻的时候，得不到爱，便是恨，黑白分明：

你不跟我睡觉吗？那你是爱我不够深。好，永远不见你。男的说。

你连爱我都不会说一声，你追求的只是我的身体。好，我绝不给你。女的说。

为什么不能等呢？再等多一阵子，人就是你的，但大家都心急，其实不是心急，是不懂得珍惜感情。

这是教不会的，无经验的洗礼，怎么聪明的人，都不懂得爱，只会破坏。

到了了解什么是爱的时候，我们对人生开始起了怀疑，而且逐渐不满。一不小心，便学会讽刺它，沉迷在绝望中，放弃宗教和哲学的教导，变为尖酸刻薄，即使爱再到面前，也让爱溜走。

令我们开心的事越来越少，让我们垂涎的食物已是稀奇。

不过，我们也没那么动怒了。

已知道骂人结果自己辛苦，动气伤神伤身。看不顺眼的，还是不发表意见，反正凭一己之力不可以扭转乾坤，想一笑置之，但又恨不消，唠叨又唠叨。在年轻人的眼中，我们是啰唆的。

但愿自己能像红酒，越老越纯。一股浓香，诱得年轻人团团乱转。一切看开、放下，人生豁达开朗，那有多好！

想归想，到头来还是做不到，只能羡慕，只能羡慕。

在这个阶段，家人、朋友开始一个个逝去，我们一次又一次地哭啼。

泪干了，所以我们不哭。

年轻时，欢笑止于欢笑，对笑的认识太浅。到现在才知道真正悲哀时，眼泪是流不出来的。眼泪，只有在笑的时候，才淌下。

幸福

我的记忆力衰退，自己感觉得到。

其实，与其说衰退，不如说我的记性一向不好，那是天生的，无可救药。

几十年的事，倒是记得清清楚楚，今天的一下子忘掉，戴着老花眼镜，到处找老花眼镜的例子，居多。

答应过的，也一下子忘记。尚好，脑后面有时浮出约束，都还能照办，只是迟早问题。不过对方要是常提起，还是有帮助的，希望我的友人不厌其烦地再次问我，应承的事绝对会做到为止。

很羡慕记性好的人，这是一种天赋，这些人做什么事都能成功，只限于他们的出身和长大后的生活环境罢了。但出人头地，是一定的。

我认识的，记忆力最好的，是查先生。倪匡兄，排第二。阿芬，排第三。

查先生的记忆力用在作品上，书籍过目不忘，资料搜索比亲自经历还要详细，加上本人的幻想力，令人叹为观止。

倪匡兄的阅读能力比写作能力强，这是他自己说的，看了那么多书，自然会写了。但也要记得才行。七十岁的人，什么事都记得清清楚楚。但这次来港，夜夜笙歌，他也要用一张座历，把约会写在上面，才能记得。

阿芬主理粥店，粥店是她父亲传下来的，任何搭配，客人只要说一声，她绝对不会记错，实在了不起。

但是，记性不佳也有好处。我家天台一直漏水，装修过无数次，毛病依然发生，最后一次是一位亲友介绍的一个所谓专家，说绝对没问题，钱付了几十万港币，他老兄的工程竟是最烂，漏的水把我最心爱的字画都浸坏，气得恨死他，隔了几天，在停车场遇见，忘记了他是谁，我还向他问好。

“任性”这两个字

从小就任性，就是不听话。家中挂着一幅刘海粟的《六牛图》，两只大牛带着四只小的。爸爸向我说：“那两只老牛是我和你们的妈妈，带着的四只小的之中，那只看不到头，只见屁股的，就是你了。”

现在想起，家父语气中带着担忧，心中约略想着，这孩子那么不合群，以后的命运不知何去何从。

感谢老天爷，我一生得到周围的人照顾，活至今，垂垂老矣，也无风无浪。这应该是拜赐于双亲，他们一直对别人好，得到好报。

喜欢电影，有一部叫《乱世忠魂》(*From Here to Eternity*)，男女主角在海滩上接吻的戏早已忘记，记得的是配角不听命令被关进牢里，被满脸横肉的狱长提起警棍打的戏。如果我被抓去当兵，又不听话，那么一定会被这种人打死。好在到了当兵的年纪，邵逸夫先生的哥哥邵仁枚先生托政府的关系把我保了出来，不然一定没命。

读了多间学校，也从不听话，好在我母亲是校长，和每一间学校的校长都熟悉，才一间换一间地读下去，但始终也没毕业。

任性也不是完全没有理由，只是不服。不服的是为什么数学不及格就不能升班。我就是偏偏不喜欢这一门东西，学几何代数用来干什么？那时候我已知道有一天一定能发明一个工具，一算就能算出，后来果然有了计算尺，也证实我没错。

我的文科样样有优秀的成绩，英文更是一流，但也阻止了升级。不喜欢数学还有一个理由，教数学的是一个肥胖的八婆，面孔讨厌，语言枯燥，这种人怎么当得了老师？

讨厌了数学，相关的理科也都完全不喜欢。生物学课中，老师把一只青蛙活生生地剖了，用图画钉把皮拉开，我也极不以为然，逃学去看电影。但要交的作业中，老师命令学生把变形虫细胞绘成画，就没有一个同学比得上我，我的作品精致仔细，又有立体感，可以拿去挂在壁上。

任性的性格影响了我一生，喜欢的事可以令我不休不眠去做。接触书法时，我的宣纸是一刀刀地买，我也一刀刀地练。所谓一刀，就是一百张宣纸。来收垃圾的人，有的也欣赏我的字，就拿去烫平收藏起来。

任性地创作，也任性地喝酒，年轻嘛，喝多少都不醉。我的酒是一箱箱地买，一箱二十四瓶。我的日本清酒，一瓶一点八升，我一瓶瓶地灌。来收瓶子的工人不停地问：“你是不是每晚开派对？”

任性，就是不听话；任性，就是不合群；任性，就是跳出框框去思考。

我到现在还在任性地活。最近开的越南河粉店开始卖和牛，一般的店因为和牛价贵，只放三四片，我不管，吩咐店里的人，一定要把和牛铺满汤面。顾客一看到，“哇”的一声叫出来。我求的也就是这“哇”的一声，结果虽价贵，但也有很多客人点了。

任性让我把我卖的蛋卷下了葱，下了蒜。为什么传统的甜蛋卷不能有咸的呢？这么多人喜欢吃葱，喜欢吃蒜，为什么不能大量地加呢？结果我的商品之中，葱蒜味的又甜又咸的蛋卷卖得最好。

一向喜欢吃的葱油饼，店里卖的，葱一定很少。这么便宜的食材，为什么要节省呢？客人爱吃什么，就应该给他们吃个过瘾。如果我开一家葱油饼专卖店，一定会放大量的葱，包得胖胖的，像个婴儿。

最近常与年轻人对话，我是叫他们跳出框框去想事情，别按照常规来。遵守常规是一生最闷的事，做多了，连人也沉闷起来。

任性而活，是人生最过瘾的事，不过千万要记住，别老是想而不去做。

做了，才对得起“任性”这两个字。

金庸的稀奇古怪

黄蓉想出来的食谱，稀奇古怪。作者金庸先生的饮食习惯，却很正常。

“我和蔡澜对一些事情的看法都很相同，只是对于吃的，他叫的东西我一点也吃不惯。”有一次和金庸先生去吃广东粥面，他就这么说。

海鲜类，金庸先生也没有兴趣，他爱吃肉，西餐厅牛扒绝对没有问题。一起去旅行时，到中国餐厅，他喜欢点酸辣汤，北方水饺也吃得惯。

上杭州餐厅和去沪菜食肆，金庸先生不必看菜单，也可以如数家珍地一样样叫得出来。

至于水果，金庸先生最喜欢吃西瓜。这也是江浙人的习惯吧。我小时候就常听家父说他住上海的时候，商家是一担担买来西瓜请伙计吃的。不这么做就寒酸了，当年没有冰柜，把西瓜放进井里，夏天吃起来比较冰凉。

说到酒，据说金庸先生年轻时酒量不错，但我没看过他大量喝，来杯威士忌，不过不加冰，净饮倒是常见。

近年来他喜欢喝点红酒，每次摘下眼镜后细看酒牌，所选的酒厂和年份都不错。不时喝到侍者推荐的好酒，也用心记下来。

吃饱了饭，大家闲聊时，金庸先生有些小动作很独特，他常用食指和中指各插上支牙签，当是踩高跷一样一步步行走。

数年前，经过一场与病魔的大决斗之后，医生不许查大侠吃甜的，但是愈被禁止愈想吃，金庸先生会先把一长条巧克力不知不觉地藏在女护士的围裙袋里面，自己又放了另一条在睡衣口袋中，露出一截。

查太太发现了，把他的巧克力没收。但到上楼休息，金庸先生再把放在护士那儿的拿出来偷吃。本人就稀奇古怪，不然，他小说中的稀奇古怪事，又怎么想出来的呢？

何鸿章

读到报纸头条“何鸿章心脏不适入院”，吓了一跳。本来这些有钱佬我一向不去高攀，但经老友美联社东方区总裁刘幼林的介绍便认识了，觉得他没有架子，谈吐风趣。

何鸿章，我们当面叫他的英文名字Eric，背后叫他老顽童。七十多岁的人，喜欢恶作剧，连儿子也不放过。

他告诉我一个故事：当他儿子七八岁的时候，要一只小马当生日礼物，老顽童答应了。生日到了，“礼物呢？”儿子问。他即刻拿了纸和笔画了一只小马给儿子。

“从此，”他笑说，“我儿子和我见面，一定带个律师。”

当然故事不是真的，但显出他的幽默。

第一次见面，他说想把家族的事写成剧本拍电影，我劝他作罢：“要害死人，才叫人家拍电影。”

第二次见面，他说想把湾仔的一块地皮改成酒吧街，我劝他作罢：“要害死人，才叫人家开酒吧。”

之后，我们很有缘，一时在伦敦，一时在东京，大城市的旅馆大堂都能碰到老顽童，常一块儿饮酒作乐。

大家以为他有数十亿的身家，都是因为何东家族留下的银匙，其实在战后老顽童也穷困过，卖二手车，甚至厕纸，最有趣的是他从美国进口了几吨鸡脚，结果因为冰箱停电而泡汤。

这次昏倒，与心脏病无关，老顽童有的只是糖尿病，大概是缺糖罢了。酒会现场有个医生，为他急救，老顽童睁开了眼，问道："你是谁？"

医生说："我是医生。"

老顽童即刻问："多少钱？"

听他这么说，没事的。

水王

四十年前我在日本留学时，“同居”一室的老友徐胜鹤，是一个名副其实的水王。

办公室的书桌底下，藏有一大箱的矿泉水，都是一升装，随时拿出来干掉一瓶。家里更多，由三位固定的、一个钟点的家务助理轮流服侍。四人都是中国人，不停地提供茅根竹蔗水、菊花茶、豆浆和果汁给他喝。

奇怪的是，拼命喝水的他，不见流一滴汗。

茶非他所好。没水时，从清晨至下午三点可以喝点龙井等绿茶。三点过后，一喝就睡不着觉。

说到睡觉，和他一起到北海道时，不管天气多冷，他绝不盖被。他说身体好，是多喝水的关系。

徐兄一家三口，太太和女儿都不像他那么爱喝水。女儿徐燕华这一点倒和我一样，一瓶矿泉水喝三天都喝不完。

“你们不喝水，就有毛病。”这是胜鹤兄每次看到我们都说的话。

燕华和我笑嘻嘻，尽管他说些什么，一样也听不进去。啤酒大瓶的喝半打，没问题，白开水怎能喝那么多？

从日本留学回来后，我们是新加坡人，但都留在香港发展，我做电影工作，胜鹤兄在旅游界建立他的王国。“星港”目前是香港接待日本游客最大的公司，拥有巨大的写字楼，数十辆旅游巴士，随街可见。

已经能够养尊处优的胜鹤兄，还义务当我的经纪人，最近我常往广州跑，他也一起去。有时只过一夜就回来，但他的手拉行李沉甸甸，重死人也。不知道装了什么，一直没问。

直到前几次才偷窥一下，原来藏有四五瓶大矿泉水。

“你们不喝水，就有毛病。”他又说燕华和我。

我们照样笑嘻嘻，但这次燕华伤风厉害，传染了我。我们两个人直打喷嚏，只不传染给胜鹤兄。看样子他的话不错，今后要学他，做个水王。

笑看往生

香港剩女飙升，三个女人一个独身。

报纸上的大标题。

这我一点兴趣也没有，不嫁嘛，又不会死人。

会死人的，是接着报道的“香港人口持续老化”。六十五岁以上的港人，将由二〇〇九年约13%，增至二〇三九年的28%。四分之一以上的人口是老人。

死亡人数按比例，会增加到每年八万零七百个。

那么多人离去，不关你事吗？那是迟早的问题，我们总得走。但是怎么一个走法？没有人敢去提起。中国人，对死的禁忌，是根深蒂固的。

避得些什么呢？反正要来，总得准备一下吧，尤其是我们这群被青年人认为是七老八十的，虽然，我们的心境还是比他们年轻。

勇敢面对吧。死，也要死得有尊严；死，也要死得美丽。

轮到你决定吗？有人问。

的确如此，但是，凡事都有计划，现在开始讨论，也是乐事。

首先，对死下一个定义："死不是人生的终结，是生涯的一个完成。"

我们要怎么在落幕前，向大家鞠个躬退去呢？最好是照着自己的意思去做，需要一点知识和准备。

最有勇气的死，就是视死如归，说到这个"归"字，当然是回到家里去死才安乐。

但事不如愿，根据一项调查，最后因病死在医院里的人还是占大多数。

为什么要在医院？当然想延长寿命呀。但是已到了尾声，为什么还要延长？决定自己什么时候走，不是更好吗？

家人一定反对。我的命不是你的命，你们有什么权利来反对？

友人牟敦芾说过："我一生做的最后悔的事，就是反对医生替我爸爸终结生命。"

这句话，家人一定要深深地反省。

尤其是对患了癌症晚期的人，受那不堪的痛苦折磨，家人还不许医生打麻醉针，说什么会中毒。反正要死了，还怕什么中不中毒？

如果你问十个人，相信有九个是不想在医院死的，但他们还留在医院，一方面也顾虑到家人的感受，不想给大家增加麻烦，而绝对不是自己所要的。

我劝这种人不必想太多，要在家里终老就在家里终老，反正这个家是你的家，你想怎么样做，也没人可以反对，而且省得他们整天跑到医院来看你。

虽然说医院有种种设施，但那是救命用的，你不想救，最新最贵的仪器又有什么用？

在家静养，请个护士，所花的钱也不会比住病房贵呀。找个相熟的医生，请他替你开止痛药、医疗麻醉品等，教教家人怎么定时服食和打针，也不是什么难事。

但是孤单老人又怎么办？有一条件，就是得花钱。反正是带不走的，这个时候不花，等什么时候花？护士还是要请的，这笔钱，要在能赚时存下来，所以说死，也得准备，千万不能等。

香港人多数有点储蓄，买些保险留给后人，大家想起老人早走，也可以省下一点，也就让你花吧。

在痛苦时，最好能以吗啡镇静。从前，吗啡被认为怪兽，说什么服了会精神错乱，愈吃愈无助，最后变成不可控制的凶手。

但这都是早期医生的临床试验不够，恐怕有副作用，没有必要时不打针。当今事实已证明，药下得恰当，很安全。

有些人讨厌打针或喝药，也有膏贴的吗啡剂可用，总之不会是愈用愈没劲，不必担心。

我最喜欢看的一部电影，叫《老豆坚过美利坚》，名字译得极坏，其实是一部怎么面对死亡的片子，得过最佳外国影片金像奖，讲的是一个老头儿得了癌症，离开他多年的儿子来看他，一看父亲被一群老朋友围着谈笑风生，又拼命吃护士的豆腐。

儿子后来才发现父亲的乐天个性，并了解人生最终的路途，完成了父亲的愿望。

这些被一般人认为最野蛮的思想，是最先进开明的，片子的原名叫《野蛮入侵》，其实就是这群快乐的人。

最坏的打算，已安排好。万一侥幸能够活到油枯灯灭，那就最为幸福，我母亲就是那样走的。也许，可以像弘一法师一样，回到寺庙，逐渐断食，走前写了“悲欢交集”四字后，一笑归西。

葬礼可以免了，让人一起悲哀，何必呢？死人脸更别化妆给人看，那些钱，死前花吧。开一个大派对，请大家吃一顿好的，有什么好话当面听听，才是过瘾，派对完毕，就跟着谢幕好了。

骨灰撒在维多利亚海港，每晚看到灿烂的夜景，更是妙不可言，你说是吗？

结局

吴宇森兄从加州传真一封信过来，谈及黄霑兄走前还有一点痛苦，我感受颇深。

关于死，中国人诸多忌讳，不去涉及。那么一个历史悠久的国家，对一切都有研究，变成文化。但死，没有文化。

人生尽头，最好苦楚全无，打麻将打到一半暴毙，或马上风，乐事也。

死法学老和尚吧，他们在最后那几天断食，安然离去，这是最文明的安乐死，在西方还没有提倡以药物终结生命时，东方人老早已想到。但愿自己走时，安乐死已经普及化，以免那几日的挨饿，哈哈。

追悼会一定要在生前举行。大家在一起开个派对，吃吃喝喝后离开，从此隐姓埋名不涉世事，不见熟人，与死相同。

我很相信死后灵魂还在这一件事。西方也有科学根据，说尸体会比在生时轻，这不是水分挥发。

最敬仰的弘一法师在遗嘱上也写明，圆寂后八个小时别移动躯体。他说的一定有他的道理。所以家父走时我坚持安放于卧屋里，南洋天气热，一般人会即刻送殓打防腐剂。

说也奇怪，房门开着，去世后刚刚好八个钟头，忽然听到一声巨响，门关闭，好像在告诉儿女，我走矣。冷气房，绝对不是风在作怪，当今想起，有点寒意。

之后，已是皮囊一副，魂飞魄散了吧？如果还有灵魂存在，这世上已挤满，没空间了。土葬火葬，家人再也不应执着，但将骨灰撒在至爱的维多利亚海港中，即使犯法，也要迫使他们去做，这才是完美的结局。

羡慕

收到老友金峰兄、沈云嫂的来信，长长的四页纸，另附数张照片，看了老怀欢慰。

没有他们提起，我还不醒觉，大家最后一次见面，已是四十年前的事了。

偶尔，我在电视上还看到金峰兄和钟情等诸位女主角合演的黑白片，卿卿我我，大唱一轮。只要一个镜头进眼，便得把整部片看完，以表思念。

金峰兄是化装大师方圆先生的独子，和沈云姐在一九四五年认识，厮守了整整六十六个年头，相依为命，在离婚当儿戏，完全不相信爱情存在的当今，算是奇迹。

两人婚后生了四个孩子，儿子方浩和方涌，女儿方平和方茵，一共有十个孙子和一个曾孙，真是名副其实的四代同堂大家庭。

移民到了波士顿后，就一直安居下来，沈云姐形容这座文化古老的城市，说一点也没受岁月影响。假如将汽车换成马车，谁也不会觉得怎么改变，每次经过贯穿全城的麻省大道，老店依然开着，连路上的坑也从没挖好。

三十年前计划的一条地下道，至今尚未完工，街边的各式路栏还是摆着，波士顿人叫它为“大挖（Big Dig）”。看着这种情形，沈云姐也不自觉已经八十许，仍是年轻，从照片看来，也的确如此。

改换的是他们的住宅，本来建在湖边，巨大无比，当年因为沈云的老爷和奶奶也搬来了，需要多个房间。

看到女儿家对面的房子有出售的招牌，他们即刻买下，在二〇〇七年搬了过去。屋宇小了，但只是两老居住，冷暖气费用，已省不少，又大家互相照顾，我可替他们放下一百个心。

搬家时，沈云找到我替他们写的一幅《心经》，相信也已残旧了吧。这几天，趁还没出发到塔希提岛之前，再抄一张，让他们两老回向众生去吧。

最后沈云写道，有老伴、老窝、老友、老本，知足矣。真是羡慕。

第二章

当头一棒

真正的惨，是十七万人失业，才叫惨。

当头一棒

“我们在旧金山也看到你在办旅行团的事。”倪匡兄在电话中说，“收得太便宜了，住得好吃得好，哪有这种价钱？”

“已经比别人贵两千多了。”

“再贵一倍也不要紧，”他说，“参加旅行团最讨厌的就是那些收费低的，我一向认为豪华团有大把人喜欢。”

“香港目前经济不好嘛。”我说。

“哈哈哈哈，”他大笑，“什么经济不好？大家一有风吹草动就喊穷罢了，你随便到街上找一个肥婆来问问，她银行账户至少有两百万，叫她们拿百分之一的钱出来玩，只要值得，还是肯花的。”

“最糟糕的还是遇到日元升得那么高！”我说。

“还不是嘛，日本仔怎么搞的？”倪匡兄说，“忽然这个时候才涨！我每天看外汇报道，又起了一块，直代你担心。”

“话说出来，也不能收回的呀。不要紧，顶得顺的。”我说。

“记得下次得收贵。”他说，“这世界上有名气费这一回事的。”

“嗯。”我只好这么回答。

“房子买了没有？”他问，“现在跌一半，不过你等它再跌一半才买好了。那才是合理的价钱。”

“现在已经有很多人失业了，再跌的话可能更惨。”

“惨？什么惨？香港人还有十七万个菲佣用，怎么叫惨？把这十七万人都遣散回去，也不叫惨，那十七万个家庭主妇都出来做回菲佣的工作，也还是不叫惨。真正的惨，是十七万人失业，才叫惨。现在香港人还有无数个手提电话在用，而有的人可能连家都没有。”倪匡兄当头一棒，打得真好。

玩物养志

返港后，患感冒，看来是时候休息了。但，我是一个停不下来的人，正好利用这时间玩微博，吃完睡，睡完吃。

回答一群来自各个地方的人的问题，新浪微博给他们安上“粉丝”的名字，我并不喜欢这个称呼，宁愿用回读者，或者新一点，叫为网友。

答案有时在书桌上写，有时在电视机前写，有时在床上写。iPad（平板电脑）就是有这个好处，因为它是史蒂夫·乔布斯在病榻上构思出来的。

父母教的，凡事要做，就得尽量做得最好。我不敢说我的微博最受欢迎，但至少，我是回答得最勤快的。因为在这期间可以日夜上网，读者的所有疑难，不管大小，一一满足各人要求。微博有一个术语，叫作“刷屏”，网友一打开网站，看到的都是我的答案，就说每天被我刷屏了。

我用电脑，最大的苦恼在于不会以中文输入。曾经学过不少方法，除了手写，都失败。但手写，缺点有：一、速度慢；

二、有些字，计算机认不出；三、iPad并不支持繁体字。

回复微博的这几天，我日夜练习，已经克服了以上难题。

写惯了，就快。

计算机认不出的字，用最愚蠢的方法，先在iPhone（手机）上下载“拼音字典”，一个个查，像“喜”是“xi”，“欢”是“huan”。久而久之，便记得。最后只要打“xh”，就跑出来“喜欢”二字，更敏捷。

简体字也学会了，加上联想功能，愈写愈快。

答得多，在微博上关注我的人随之增加，当今已百万，我将挑选一堆精简的聚集成书。内地的简体字版销路逐渐转好，已很少有盗版了，带来一些额外的收入。

这也呼应了我给年轻人的婆妈语：一切都要用功得来，并无他途。

今后在iPad上撰稿了，不必受传真之苦，去到哪里，写到哪里，一按键，电邮发到编辑部。

谁说玩物丧志？玩物养志才对！

苦笑

远方的友人住尖东酒店。

“今天早上想吃些什么？”我问。

“好久没有正正式式地饮茶了，你带我去吧。”友人说。

这一下子可把我难倒了，已近九点，要过海到陆羽或莲香塞车，但在尖沙咀一带，还有什么地方可去？到处开的，只是茶餐厅。

最后走到堪富利士道口，好歹才找到一家，是大集团经营的。

“从前的饮茶气氛，话听不懂，但总有隆隆声的杂音，闹得耳聋，现在怎么那么静？”朋友问道。

不说倒没觉得，留意听，果然不吵，但客人还是差不多坐满的呀，香港人怎样一下子没声出的呢？

看见一位太太折起了报纸当扇拨风。又有一个带台湾旅行团的导游正在骂侍者：“你们到底是开风，还是开冷气？”

“从前总被你们的冷气冷死，现在不必带西装出来也不要紧了。”朋友说。

是的，节省的，先从电费入手了。虾饺烧卖都有一股冷冻的怪味，点心师傅被炒后改行，懂得做点心的愈来愈少，现在都是从深圳输入，蒸它一蒸就上桌。

但是一早肚子饿，两个人拼命叫东西，桌上堆满蒸笼，埋单时才两百块，从前，一个人吃也要这个数字。友人心算他们的货币，说：“怎么这么便宜？”

“有些地方，非繁忙时间，一半价钱就吃得到。”我说。

“热死了，走吧。”他说。

我点头说：“到我办公室去，至少我们那儿冷气还是开足的。”

“你算是成功人士了。”他说。我只有苦笑。

无聊

什么地方都不去了。没理由长得那么大了，到外地去还要遭歧视，去落后地方，被认错了受到冷落，更无辜。

临时抱佛脚地吃什么健康食品都没用，还是喝酒好了。古人也说过：抽烟喝酒，细菌速速走。你听过没有？

要吃的话吃大蒜好了，最有杀菌作用。煮过煎过都没那么有效，生吃可也。初试的人一定感到辣得灼喉，吃惯了也没这一回事。味道臭死人是真的，自己吃好好的，别人吃了连身上也有股异味，别说由口中喷出。

放心吃吧，反正当今大家都戴口罩，闻不到什么，是吃大蒜最好的时期。

在家欣赏影碟，新片都看过，也没什么道理，不如租些经典重温。《教父》一二三部，真是拍得好，那是数十年前的戏，助手徐燕华说："在我没出生之前拍的。"

其他生意都不好，只有影碟租赁店奇佳。乘机推出八十五块钱的套餐，一租租六部电影，还可以放在家六天慢慢看。

那六部电影看到天明，也一下子给我看完，再次去租。

真会做生意，每租一部在纸上盖个小印，租多几部戏，就送你两瓶可乐。

我对可乐没什么好印象，认为和快餐有关联，而且是快餐连锁店，从不走进去，还是到九龙城菜市场买几味回家自己烧。

吃呀吃呀，一颗老牙不是笑掉，是吃脱的。它是自然退化的结果，一点痛楚也没有，就像枯叶一般落下。

看这颗老牙，不利用真可惜，这么多年来有个传说：牙齿浸在可乐里，会溶掉的，证实一下，把赠送的可乐倒入杯，扔老牙进去，每天换一杯新的可乐。七天了，牙齿没有溶化，讨厌归讨厌，不能冤枉它。

快乐

饭后，车上，倪匡兄说："前几天看你写亦舒，把我笑死了。"

"她最近老爱提到男人的体毛嘛，你也注意到了？"我说，"我们做男人的，还不知道有这个宝。"

"是呀，正如你所说：无毛不欢。"

"亦舒的书，和你老兄的一样，一拿上手就放不下来。"

"嗯，本本都好看。"倪匡兄说。

"比较起来，最闷的是那本叫《少年不愁》的，在《明周》连载过，讲一对母女在加拿大的生活。"

"好像没看过。"倪匡兄说，"是不是自传性地描写亦舒和女儿的事？"

"有点影子，但全属虚构，女主角的母亲和父亲离了婚，现实生活中并非如此。"

"故事说些什么？"

"没有情节，只是一些片段。当然有母亲爱上一个更年轻男人的幻想。女儿在大学时也开始恋爱了。”

倪匡兄叹气：“唉，怪不得了。我住旧金山十三年，已闷出病来。加拿大是比旧金山更闷的地方，就算亦舒这个说故事的高手，一提到那边的事，不闷也得闷。”

“金句还是不少的，像‘没有人会对另一个人百分百坦白。那爱侣呢？更无必要，眼前快乐最要紧’，等等。讲到女人怕老，亦舒说：‘不知如何，女人最为怕老，可能是因为年轻美貌时多异性眷恋，解决了现实与精神生活，年老色衰，便孤独凄清，门庭冷落，所以怕老。’”

“她有没有提到自己快不快乐？”倪匡兄问。

我笑笑说：“书上可以找到一些蛛丝马迹，文中妈妈说：‘我快乐，太多人抱怨他们不快乐，我懂自处，也会自得其乐，我要求不高，少女时愿望，已全部实现，又拥有你这般懂事女儿，我承认我快乐。’”

交稿催人老

“你要提前几天交稿？”时常有小朋友问我这个问题。

“没算过，到时候，像鸡生蛋一样，就挤出来了。”我说。

“到底是几天嘛？”小朋友不放过我。

“真是到现在还算不清楚。”我说，“最少是三两天吧。我现在的秘书小姐很好，常提醒我：明天至少要一篇。”

“提了就写得出吗？”

“写得出。”我说，“我们专业的写作人，已经不需要灵感。”

“那么不是很轻松吗？”

“一点也不轻松。”我说，“压力来自虽然写得出，但是写得好不好呢？好不好，自己知道，骗不了自己的。”

“什么叫作好？”

“内容至少要有点东西，最低限度是信息性的，像介绍了一家新餐厅，为什么要介绍它？什么是出色的地方？把自己的观点写出来，要与众不同，才叫好看。至于最高境界，对于我来讲，是惹惹读者发笑，能做到这一点，我已经满足，我对自己的要求并不高。”我一口气说完。

“在《名采》这么多年，你有没有断过稿？”

“一次，”我说，“是传真失误。”

“每天写，没有压迫感吗？”

“有的。古人说，岁月催人老；我说，交稿催人老。很羡慕能因外游而断稿的作者。”

“那你写来干什么？又不是靠它吃饭。”

“交稿催人老，是当你交了稿，又知道自己写得不好的时候。”我说，“要是你交得出，而又过得了自己那一关的话，那么写稿就变成了一种充实感。我常说要一天活得比一天更好，完全靠这篇东西向读者交代不交代得了。这时候，交稿已经不是催人老。交稿，令自己更年轻了。”

偶像排名榜

哈哈哈哈，大笑四声。香港城市大学应用社会科学系太有空了，跑去调查青少年的偶像是什么人，得出来的结果是：

歌星陈慧琳第一，母亲第六。

这不可笑，很少有叛逆青年会承认自己的亲人是偶像。

最滑稽的是我在榜上也有名次，虽然二百二十六人之中只是排行第一百三十二名而已。

我不知道应该觉得好玩，还是感到悲哀。作为一个写作人，金庸先生竟然不入榜，由我这个下三烂顶上，证明年轻人是不看书的。不看书，也应该在电视剧上认识他老人家吧，实在是岂有此理。

当然，年轻人的行径不是可以用常理来分析的，但读书风气沦落到这个地步，看得出他们都没有什么幻想力。

电视、漫画，都是以现有的形象示众，看的东西已是固定的，再由它创造出来的，也不过是二手货。文字才是最高档，每一个人看完文字想出来的东西，都不同。

青年捧偶像，月耗两千万港币，坦言用一半的零用钱，即四五百块去买偶像的照片及唱片，但他们不肯花几十块去买一本书。学者说这是反映人际疏离，不信权威。我则说是证明了他们是文盲。

得到第一百三十二名，排在谢霆锋、四大天王和梁咏琪的后面，是应该的，但比排在我后三名的莫扎特，让外国人笑掉大牙。毕加索一四六、彭定康一四七、李嘉诚一六二、汤姆·克鲁斯一九〇、爱因斯坦一九四、莱昂纳多二〇〇，就有一点过分。

如果你是投过我一票的人，我劝你还是快点脱离“崇拜”的幼稚，进入“欣赏”的成熟，你崇拜我吗？我说话你要听，快点去买本金庸或倪匡小说来看吧。

道理

听到一些消息，见到本人，就问道：“有人说你已经离婚，还大肆庆祝，是不是真的？”

“没有结，何来离？”她反问。

“大家都以为你们是正式夫妻。”

“没错，这消息是我放出去的，出来工作的女人，有了婚姻，谈生意时对方会更尊重一些，所以找到了那个男的之后，就向人说我结了婚。”

“那你不是真心爱他的？”

“真心，真的真心。我爱他。”

“那干什么分手？”

“在一起之后，我发觉他完全变为另一个人。我是和那个变的人分手，我爱的仍旧是我刚认识的那个人。当时我宣布结婚，就等于嫁给了他。不过，我认为不必去办那些烦死人的手续而已。”

“你说服得了那个男的？”

“大家都是年轻人，大家都相信爱情的伟大。情到浓时，说什么都好。”

“你现在才几岁，怎么说话那么老气横秋？”我批评。

“不是老气横秋，是现实。”

“你不怕人家在背后说你是一个离过婚的女人吗？”

“怕呀，但是正式结过婚后离开对方，和没有结婚而分手，根本就是一样的事，怕也怕不了那么许多了。”

“有没有一份伤感？”

“伤感只是和拍拖时分开一样，并没有失婚女人那么严重。虽说只是一张纸，不过那张纸不轻呀，我现在放松得多了，以后要是找到一个合适的，再正式办手续也不迟。他也会认为我没结过婚，对我看重一点。男人和婚姻一样，都是那么无聊的。”

定义

纯情的少女，看到被男人遗弃的女友，大感同情。

“怎么可以把一个发生过感情，又发生过关系的伴侣，就那么丢掉？”她说，“要是事情发生在我身上，我一定死去。”

事情发生在她身上了，也死不了，照样活下去，伤心一阵子罢了。

男人抛弃女人的例子听得多，其实女人不要男人的例子，也占了一半。

这位纯情少女，当有一天，再次恋爱时，当然懂得珍惜，不过，忽然她会对这个男人生厌，爱上一个新的。这时候，头也不回，她的绝情，比男人还狠。

“怎么可以把一个发生过感情，又发生过关系的伴侣，就那么丢掉？”这句对白，现在轮到那个被抛弃的男子说了。纯情少女，做了负心妇，自己从不醒觉。

我们都把在天愿作比翼鸟的故事看得太过天真了，我们年轻的时候，把一切当成美好，永远不存任何疑问地爱上一个人，或者被爱，那是对感情这一回事很陌生。

长大了，被人出卖的例子出现了太多次，自己也学会出卖人，人的变心，其实是基本的功能，当成罪恶，是自己太傻。

只剩下我们这群老古董，做事才不会反悔，承担一切后果，当年的诺言，至死不渝地遵守，我们可以被制成标本，抬进博物馆去开展览，让后人当化石研究。

问当今男女什么是恋爱，他们回答："新对象一出现，恋爱就停止。"

"爱的定义，是新的对象还没出现之前的一段脆弱感情，人不变心，是因为新对象还没出现，就是那么简单。"他们解释。我们老古董，还是不懂。

一百次

对生儿育女的观念，我早已看得很开。

这是旅行带来的礼物，当你在欧洲遇到许多夫妇，你就会知道没有子女，人照样可以活得很开心。而且他们的父母，也绝对不会怪他们为什么不传宗接代。

一起旅行的团友，多数只是夫妇一对，有的和我一样，不相信一定要；有的儿女已成家立业，没人在他们身边，也和我一样。

“哎呀，你不知道家庭的乐趣，那多可惜！”有些人摇头。

“哎呀，你自由自在，真是羡慕死我们了……”有些人点头。

完全是看法，他们怎么想，跟我一点关系也没有。如果做人要为别人的话而活，也是相当悲哀的一件事。

虽然这么说，父母之言，还是要听的。最难过的那一关，还是担心家长对我的期望，这非常地迂腐。不过，蔡家已为长辈传了六个孙儿孙女（哥哥、姐姐和弟弟各两个），只有我没有后代，我父母亲是默许的。

看见友人为他们的子女烦恼，我出了一身冷汗，当他们跑来和我商量时，我不知道怎么安慰他们，我有最好的借口：“我自己没有，不能了解，不懂得处理。”

儿女背叛父母的例子也太多了，父母憎恶子女的个案也见得不少。让上帝去原谅吧，我们自己饶恕不了的话。

新年期间，应该喜气洋洋，怎么思想那么沉重？还是说点欢乐的。

“现在养一个小孩，根据统计，要两百多万港币。”一位带一家人的团友说。

另一位没有子女的笑嘻嘻：“蔡先生的旅行团团费两万多。我没有小孩，可以参加一百次。”

食经

自己写食经，也爱看别人写的，中外的饮食书籍，收集了不少。

有些作者只会写，不亲自下厨。有些大师传是本人写的，当然会露几手。我总认为不会做菜的人像没有到过拍摄现场的影评家，是二流人物。入厨比参加电影圈容易，虽然进不了餐厅厨房，但也可以在家里练习，不懂得烧菜的食评人，说服力不强。

有些技巧并不一定在厨房中跟师傅学习，单单观看也行。靠看妈妈烧菜的印象，出了国，自己动手做几道，第一次失败，第二次就学会了。我常说，烹调并非高科技，多练习几次自然上手。

怕入厨的人，大概都怕烟，怕弄脏手，怕沾到血。这都是心态罢了，一克服就没事，能享受煮菜的乐趣，寂寞都能赶走。

写关于吃的，文笔应该带着安逸和轻松，最好有点幽默感。不喜欢那些一板一眼的人写食经，把食物中的性都赶跑了。

食物中有性吗？当然是的。热爱性命，对性爱也同样地热衷，二者不能缺少其一。

和老饕在聚餐中谈食物，如果带点笑话，那么这餐饭一定吃得兴高采烈。同样的，读食经时要是枯燥无味，谈话也不生动，再好吃的东西也只是变为饲料。

食经买得多了，就有点心得：凡是在书中登满作者到处旅行吃饭的照片者，绝不可买，有时作者会把妻儿的照片也放进去，更是缺德。此等作者，枪毙也可。凡是什么女作家在世界各地吃最贵东西的书，也算了。

最糟糕的是被书名骗了，像今天买的这本叫《爱上大厨》的书，采访了二十九位大厨，问的都是他们的爱情故事，有这么好的对象，厨艺一点也不问，真是非打屁股不可。

谷神面包店

团友之中，有对小夫妻，先生高高瘦瘦，太太清清秀秀，言语温文，很讨人喜欢。

看到他们对食物永远注意，一直尊重，不断抱好奇心发问，对他们更有好感。

有天闲聊时问：“做些什么的？”

“贸易。”先生回答。

“闷吗？”

对方点头。

“将来想改行吗？会做些什么？”

他们同声回答：“开面包店，也卖蛋糕。”

从许多小夫妻口中，都听过这种话，还有开花店的、开书店的，都是美丽的梦想。

不久，经过九龙城福佬村道，看见一家装修得比其他铺子别致的面包店，没有中文招牌，外文写 *Cérès Boulangerie et Patisserie*，就走了进去。

一看，不是那对小夫妻是谁？

“蔡先生，是我呀，李兆伦。”对方叫了出来。

我也为他们夫妇实现了愿望感到高兴，看店里产品林林总总，职员又忙得不可开交，客人川流不息，也就不打扰，买了一些东西，答应下次再来。

这一耽搁就好几个月，但每次经过店铺，都关心地观察，见生意滔滔，微笑了出来。

今天劳动节，日子过得快，记不得哪天是假期，才发现没约人。又散步到福佬村道，店照开，见小夫妇过了时间还没吃中饭，请了他们两人到“金宝”吃泰国菜。

“*Cérès* 作何解？”我问。

“是古希腊神话中的谷神，也有丰收的意思。”太太说，“既然开的是法式面包店，不用中文名也好。”

“怎么想到开面包店，而不是花店。”

李兆伦说：“我小的时候，在后巷看到师傅揉面，搓成一团团，拿去一烘，变成面包出来，感到非常神奇，从此决定要自己做面包，就这么简单。”

“你也喜欢做面包吗？”我问太太。

她笑了：“喜欢吃而已。”

“不只喜欢面包，对吃的东西都喜欢，在外头一试到什么新菜，回家就拿我当实验品。”先生说。

“有没有正式学过？”我问李兆伦。

他摇头：“我小的时候就跑去叔伯的店里当学徒，后来念书，一有空也去面包店做业余工。后来教过书，假期到法国和其他地方上过几堂课。做贸易时实习，没停过。”

“现在的面包店是怎么组合的？”

“最重要的是人，同事都在大酒店做过，上司是洋人，发挥不了。我把理念告诉了他们，大家都很愿意跟我出来闯一闯。然后是机器，一共八九台，瑞士和法国做的。做法国面包一定要用他们的机器，焙烤之前会喷出蒸汽，面团才润，高温一焗，皮多肉少，又很爽脆。”

“哪来的资金？”

“亲戚们支持，我很感谢他们。自己又有点积蓄，全放进去了。”

“怎么担保质量？”

“机器好，用料高级，最基本了。说到底，还是靠大家的热诚，每一个员工的兴趣都相同，从早忙到晚，没有一句怨言，我的要求又高，但也让他们自由发挥，只有两点一定要他们遵守的。”

“是什么？”

“一是不准在工作时吸烟。抽了烟，手上会沾烟味，影响到面包。收工后，他们吸个不停我也不管。第二件是不得爆粗口。”

“粗口人人都说的呀！”

“太太和我都听不惯。这是最低要求。”

“你们是怎么认识的？”

“青梅竹马，学校的同学，没有惊喜。”太太说。

“的确没有惊喜。”先生也笑了，“这个人一脑门子吃，除了吃，什么话题也没兴趣，看电视也专看吃的节目，有时真把人闷死。”

太太微笑不搭嘴，她深知让先生在别人面前诉诉苦，也没什么大不了的道理。

“还有呀，”先生说，“她一直嫌我长胖了，每天要我做俯卧撑，但是每天又煮很多东西给我吃。一餐五六个菜，我怎么会不肥？”

“女人是什么东西做的？”我问。

他有点惊讶：“人家都说是水做的呀。”

“不是，”我说，“是矛盾做的。”

他们都笑了出来。

看到这对小夫妻，很感欢慰，也许，今后数十年，一串的“谷神”连锁店会出现；或者，在他们年老时，小孩子们问：“叔叔，你从前是做什么的？”

他们幸福地回忆：“开过面包店呀。”

大笑四声

“曾渊沧在他的专栏写《蔡澜旅游团为何值钱?》，整篇文章只提到一句说你受欢迎，完全是因为你拿一杯酒，曝娱乐圈内幕。”参加过我旅行团的许先生打电话告诉我，他是一个会计师。

“哈哈哈哈。”我听了学倪匡兄大笑四声。

“其他内容，大部分都在谈你的食经，也没有说明你受欢迎的其他原因。”

“哈哈哈哈。”大笑四声。

“我知道，”许先生说，“你并没有爆过内幕，要爆内幕的话，你尽管出书，已经大赚，何必那么辛苦？”

“哈哈哈哈。”

“文章提到，其他旅行社曾派出卧底参加你的旅行团，回来后策划出和你一模一样的行程、住宿、吃的、玩的，但价钱只有你的三分之一。”

“哈哈哈哈。”

许先生一口气说："我是会计师，我替你算过：第一，其他旅行团和你最大的不同，是你的客人可以乘商务位，其他的没有这种服务。当然啦，商务位的票价，照票面上已经是一万六千，已远远超过他们的团费。

你的旅行团显然机票上有折扣，但是两晚札幌最高级的Park Hotel（国际饭店）已经是三千四港币。

札幌飞阿寒湖来回的国内机票两程，不会便宜多少，要一千六港币，人家要坐巴士。

阿寒湖的旅馆鹤雅也分等级，别人住的是普通房，你们套房；别人吃自助餐，你们吃大餐，每晚三千六，乘二也要七千二港币。

在札幌吃的螃蟹宴至少一千，最高级的高桥鱼生宴要一千二，途中中餐两顿，算多一千二好了。

交通费很贵，加起来一共要三万六千五百港币，你们只收一万九千八，是物有所值呀，为什么他没提到？"

"哈哈哈哈。"我听了学倪匡兄大笑四声。

尼姑之言

在日本京都嵯峨野举行的《铁人料理》的节目中，我遇到了一个尼姑，八十多了，叫濑户内寂听，不觉她很老，也不觉她像尼姑。

她也是评判员之一。这个尼姑可真够忙，写小说、上电视、做法事，还在周刊上有个专栏。最近，读到她一篇关于“幸福人生”的论调，虽然也属老生常谈，但对了解日本人，有多一点认识，试译如下：

没有钱吗？什么时代，都有这个问题。

和我聊天的人，话题多数是和钱有关，什么被减薪啦；借钱还不了，被人追杀啦；只有死，用保险费来还啦等。

走到这个地步，都是由想住更大的房子、要吃更贵的东西开始。这是人类的欲望，谁都有的，我们出家人说这是“烦恼”，对策只有“小欲知足”。欲望小了，烦恼就小了，就此而已，很简单，别愈想愈复杂。

当然经济转好了，崇拜了物质主义。当今的男女都要买名牌货，名牌要花钱，所以感到有钱才是幸福的。

就算你有了钱，有了名牌，又如何？最近我的朋友一死，家里的人即刻闹抢家产的丑闻，做人做到那样，值得吗？

刚写了一本小说，主人翁是一个借高利贷的，他住皇宫式的屋子，花天酒地，后来投资失败，朋友、家人都离他而去，想自杀。死前去了一个公园，看到笼子里的猴子，反正快死，就把剩下的钱买花生给猴子，猴子吃完屁股朝着他走掉，他才发现人类根本和猴子差不多，都是忘恩负义，就不自杀了。所以钱没那么好用！

老尼濑户内寂听继续说：

有时想想，有钱可以买名牌，但买不到学问。就算你父母有关系，送你进一家名校，你的事业就会一帆风顺，大公司都来请你。不过，最近的大公司也一间间倒掉呀！不倒的经费缩减，裁员多了，下一个可能轮到你。

我们做人要有信心才行。

而给你信心的，是你学到的东西，交到的朋友。

这才是幸福。

什么?你已经忘记了幸福是怎么一回事了吗?你会很快知道什么是幸福的。当你生了病时,就知道什么叫幸福了。

老了怎么办?人都要老的,所以我们趁年轻一定要多学几门学问才行。像我,八十多岁了,还在每天忙着呀。

我也不是因为当今有了地位才说风凉话,我也知道有些人说,老了能够做些什么呢?其实老了也有许多事可以做呀,举一个例子,像去帮助更老的人,不就行了吗?

老了整天在家里等死,那才是老,老了出来参加社会活动,就不觉得老。

像跳跳社交舞呀,像找人下下围棋呀,公园里有很多和你一样老的人,他们都乐意和你做朋友。

我认识的一些老太婆,出来做晨运,愈做愈年轻,还有些老头儿对她们感兴趣呢。

老婆死了的男人,最好是交个女朋友,家里反对是他们的事。只要你不跟那个女人结婚,我想家里也不会有那么多声音。

女人也一样,虽然没有性生活,拉拉手也过瘾呀。

工作,爱情,或者说做个伴吧,也比呆住什么事都不做好。

做事也不一定为别人,为了证明自己是存在的,也应该不停地做,做到死为止。

身外物

日本朋友告诉我一个陶艺界的故事：

爷爷今年已经七十岁了，他所做的陶器、瓷器全国闻名，每年都要来东京的百货公司开展览会，在我们家住一晚，隔天就回乡下去。

我们家的小孩很喜欢这位爷爷，他常把一些素描给小孩看，惹他们的欢心。

一次，我们全家到爷爷的工作室去做客，见他全神贯注地在陶器上绘画，表情深刻，顽固又严肃，吓了孩子们一跳。“从前这些陶器都是粗品，现在卖得那么贵，我做了却觉得没意思了！”爷爷很喜欢喝日本清酒，醉后，总发表几句牢骚。

家里又收到爷爷寄来的包裹，打开纸箱一看，却是些碗碟和茶具，爷爷说：“卖剩的，你们用好啦！”

那么有名的人做的东西，我当然收了起来，向爷爷说：“不能让小孩子们用，打烂了多可惜！”

爷爷听后大喝一声：“你说些什么鬼话，有形状的东西总会坏的，从小开始不用好的东西，长大之后眼光就不够！”

从此，我们家里用一个八千日元以上的东西来吃饭、喝茶。

小孩子们也记得爷爷的教训：“那是些身外物！”

美妙

现在我人在日本和歌山的白滨，望着海写稿。由一片漆黑到逐渐变为紫色、浅蓝、带黄，古人所说的鱼肚发白，不是很准确，如果每天看日出，你会发现有其他颜色，但就是不白。

山叠山、云叠云，以为是一片同样的颜色，但其中有它的层次，分出远近。

微风吹动了海面，这是一个湾，像湖泊多过大海。无数的渔排，用来养殖生蚝。渔船从中间穿过，一艘二艘三艘，数个不清，是辛劳的渔民出海的时候了。反方向是捕捉乌贼的船归来，一艘船中有几十盏大灯，不吝啬地亮着，反映在海面上，一艘变为两艘。

选择这段时间工作，主要是被日出吸引，别人以为难得的美景，其实每天存在，不管是在山中，或者闹市，都是一天最纯洁的时候。你已经有多久没有看过日出？

海鸥追随着渔船，渔夫将卖不出的杂鱼扔给它们吃，大自然之中，一点也不浪费。

群山发出烟雾，是太阳的热量将露水蒸发，原来一切都在蠕动。海面、飞鸟、归舟、云朵，没有一种现象是静止的，除了遥远的房子吧？但也看到灯火一盏盏熄灭，又动了起来。

一日出，大地由童话变为现实。渔夫们抱怨所捕的鱼渐少，年轻一辈不肯继承父业。海面上有时看到一层薄薄的浮油，从什么地方飘来的呢？

正感到绝望，天又渐渐转变颜色，古人说天黑了。当今的天，被城市之光照亮，只见蓝，就是不黑。这天地，不黑不白，剩下灰色。

但又是写稿到天亮，大地回到童话世界，天真无邪。海鸥群中，有一只老鹰，那翅膀是多么坚强巨大，是不是可以把我载走，飞向太阳？活着，还是美妙的。

藍色時刻

若待上林
花似锦

你帶上詩
我帶上你

一路經行處莓苔見屐痕

和以處眾
寬以接下
恕以待人
君子人也

清泉白石皆吾友
綠李黃梅盡手栽

宋陸游詩
壬寅知弥製

人間萬事消磨盡
只有清香似舊時

手纸

幻想小说家星新一常有匪夷所思的构想，在他那篇《手纸》里就可窥一斑。

“手纸”，日语是“信”的意思。话说有一个青年，游手好闲，不知以后要做些什么才好。

忽然，他伸手进口袋，找到一封信，叫他去考一所出名的大学。这封信不知道是谁写的，也不知道什么时候在他口袋中出现，但他终于跟着它的指示去做了。

果然，大学是出乎意料考上了。接着口袋中又有一封信，叫他去大公司见工，又即刻就职。

他的工作做得很好，步步青云。这时，口袋中的信叫他去追求一个名门淑女，他做梦也想不到她会嫁给了他，两人幸福地过活。

信又告诉他快点辞去这份工作，接下一个快要倒闭的工厂。不管他太太怎么反对，他照做了。几年来一直不死不活地忍下去，但他很有信心地继续努力。

结果，给他干得有声有色，一转眼成为成功的企业家。

为了工作要去外国旅行，口袋的信又出现，叫他改期，隔天才知道飞机出了事。

信的最后一次出现，是要他参加政治。他依然信，从区议员做起，他不断地上升，现在，他是一个掌握国家机要的高官了。

习惯性地摸摸口袋，可是一点动静也没有，他在大厅中漫步，无聊得很，他不知道下一步要怎么做好。

忽然，办公室里出现了一个青年，一句话也不说，就掏出一支手枪来。

“但是，”他惊奇地问，“我和你前世无冤今世无仇，你为什么要杀我？请你讲给我听，让我死得瞑目。”

青年说：“我小时是一个很正常的儿童。一天，我偷了一辆脚踏车之后，发现了强烈的满足感。后来，我变本加厉地抢东西，而且打伤过人，自此之后，更是越来越得意。我也不知道自己为什么要做这些事，只是照做罢了，因为每次我都在口袋中发现有一封信。”

女难之季节

星新一的故事结构非常奇妙，日本人称这些人为“异色作家”，又试译他的另一篇短篇，叫《女难的季节》。

青年今天又是早上六点钟起床，他做了操，穿好西装，准备赶电车去上班。

工作，对他来讲是种乐趣，这当然有原因的。他步步高升，老板又要把他的女儿嫁给他，他以后便会成为这个机构的主人了。

刚要出去，门铃响了，打开门一看，是个漂亮的少女，泪汪汪地对着他说：“你为什么不来找我？我等你等得好苦。”

青年根本就不认识她，但是少女对他的身世却知道得一清二楚，说他们是青梅竹马，有天晚上他还和她睡过觉，而且答应过要娶她的。是不是那晚送她回来时给的士撞了一下，失去记忆力？

她能把每一个细节都形容出来，楚楚可怜得不像在讲假话。但青年绝对没有做过这些事，认定她的头脑一定有问题，好歹把少女打发走了，赶出门去。到了公司，他还是对刚才的事感到迷惑，秘书说有客人来找他。会客室里坐着一个中年女人，一见面就向他说她和少女同住在一间房，指责青年不应该抛弃她。

“不过，我的确不认识你们两个人。”青年说，中年妇人叹了一口气走了。

回家，少女又在门口等他。后来那中年女人又来了，好言相劝青年重新考虑。

青年越来越困扰。和老板女儿约会的时候，好像看到那少女在监视着他，结果弄得魂不附体。渐渐地，青年的工作效率低了。那少女还主动献身给他，她一切无所求，只希望他给她一点点的爱，她的感情是假不了的。他去看公司的医生，以为自己患了精神衰弱，医生答应为他调查一切，结果证明少女没有骗他。青年终于失去信心，要求公司派他出国。

老板的家里，老板娘把礼金送给少女、中年女人和医生，然后拿出照片和资料说：“公司那个人意志不够坚强，做不了我的女婿。现在又有一个新的人选，请你们再去试试。”

自私

我们受的教育和世俗的传统道德，都不一定是对的。

像教我们不要自私，完全是错误。这个思想，害了我们很久。

人的本性，就是自私。所谓自私，不过是一种适者生存的基本条件。这个本能潜伏在我们的体内，我们不能压抑它。

道德观念，诗歌、小说、电影和电视，创作出来都是歌颂人类崇高的情操。我们没有的，更盼望得到。但是想归想，总不能违反人类的本性，至少，别当它是罪恶。

一切，顺其自然，是最好的处世方式。不应该给自己太大的压力。

最明显的例子，是爱人的死去。

见过那么多失去伴侣的人，最初痛苦地哭个死去活来，经过一天、一个月、一年、数十载，还不是好好地生存下去了吗？

梁山伯与祝英台、罗密欧和朱丽叶，都是美好的同年同日死的故事。现实生活中的同林鸟，拆散了也不是什么大不了的。

或者自私的定义只是教人别损人利己，我们要说的自私，是爱惜自己的生命罢了。

觉得活是一件美好的事，思想自然豁达开朗，这才懂得怎么去爱人。当对方离我们而去，也只有默默地接受。生命，本来就是这样的，叹息好过不必要的痛苦。

这话题太过严肃，还是谈些轻松的。

话说有一个女人，失去了丈夫。灵坛上，她痛不欲生。

“你带我一起走吧！”她不断地边哭边喊，还拼命地把头撞向棺材。

忽然，她发现有人从棺材中伸出一只手，把她的头发揪住，她马上大叫：“救命！救命！不要连我也害死！”

原来，她撞头撞得厉害，是头发让棺材板缝夹住了。

第三章

人绝对可以貌相

古人说，人不可貌相。我却说，人绝对可以貌相，我是一个绝对以貌取人的人。

看人

人活到老了，就学会看人。

看人是一种本事，是累积下来的经验，错不了的。

古人说，人不可貌相。我却说，人绝对可以貌相，我是一个绝对以貌取人的人。

相貌也不单是外表，是配合了眼神和谈吐，以及许多小动作而成。这一来，看人更加准确。

獐头鼠目的人，好不到哪里去，和你谈话时偷偷瞄你一眼，心里不知打什么坏主意。这些人要避开，愈远愈好。

大老板身边有一群人，嬉皮笑脸地拍马屁，这些人的知识不会高到哪里去。虽然说要保住饭碗，也不必做到这种地步，能当得上老板的人，还不都是聪明人？他们心中有数，对这群来讨好自己的，虽不讨厌，但是心中不信任，是必然的事。

说教式地把一件不愉快的事重复又重复，是生活刻板的人，是做人消极的人。尽量少和他们这种人交谈，要不然你的精力会被他们吸光。

年轻时不懂，遇到上述这些人，就马上和他们对抗，给他们脸色看，势不两立，结果是被他们害惨。现在学会对付，笑脸迎之，或当透明，望到他们背后的东西，但心中还是一百个看不起。

看女人，美丑不是最关键的。

我遇到过很多美女，和她们谈上一个小时，即刻知道她们的妈妈喜欢些什么，用什么化妆品，爱驾什么车。她们的一生，好像都浓缩在这短短的一小时内，再聊下去，也没有什么话题。当然，在某些情形之下，你不需要很多话题。

丑人多作怪是不可以原谅的。几乎所有的八婆都是这个典型，和她们为伍，自己总会变成一个—— 一字曰“八”。总之，碰不得也。

愁眉深锁的女人，说什么也讨不到她们的欢心，不管多美，都极为危险。

这种女人送给我，我也不要。

大笑姑婆很好，她们少了一根筋，忧愁一下子忘记，很可爱的。爱吃东西的人，多数不是什么坏人。他们拼命追求美食，没有时间去害人。大笑姑婆兼馋嘴，是完美的结合，这种女人多多益善。

样子普通，但有一股灵气的女人，最值得爱。什么叫有灵气？看她们的眼睛就知道，你一说话，她们的口还没有张开，眼睛已动，眼睛告诉你她们赞不赞成。即使她们不同意你的看法，也不会和你争辩，因为她们知道，世界上要有各种意见才有趣。

我们以前选新人，二十世纪六七十年代，一部片就有上千个，有谁能当上女主角，全靠她们的一对眼睛。有的长得很美，但双眼呆滞，没有焦点，怎么教这种女人，都教不会她演一个小角色。

自命不凡、高姿态出现的女强人最令人讨厌——她当身边的人都是白痴，只有自己一个才是最精的。这种女人不管美丑，多数男人都不会去碰她们，从她们脸上可以看出荷尔蒙的失调。

“我还很年轻，要怎么样才能学会看人？”小朋友常这么问我。

要学会看人，先学会看自己。

本人一定要保存一份天真。

像婴儿一样，瞪着眼睛看人，最直接了。

沉默最好。在学习过程之中，需要牢牢记住的是，不要发表任何意见，否则即刻露出自己无知的马脚。注视对方的眼睛，当他们避开你的视线时，毛病就看得出来了。

也不是绝对不出声。将学到的和一位你信得过的长辈商讨，问他们自己的看法对与不对。长辈的说法你不一定赞同，可以追问，但不能反驳，否则人家嫌你烦，就不教你。

慢慢地，你就学会看人了。在这个过程中，你一定会受到种种创伤，当成交学费，不必自怨自艾。

两边腮骨突出来的，所谓的反腮，是危险的人，把你吃光了，骨头也不吐出来。以前我不相信，后来看得多，综合起来，发现比例上坏的实在占多数。

说话时，只见口中下面的一排牙齿，这种人也多数不可靠。一眼看上去不聪明的，这种人不一定坏，但大有可能是愚蠢的、怕事的、不负责任的。

从不见笑容，眼睛像兀鹰一样的，阴险得很。

什么时候学会看人，年纪大了自然懂得。当你毕业时，照照镜子，看到一只老狐狸。

我就是一个例子。

大小高矮

人老了，吃亏多了，对于看人，总有点累积下来的经验，而一切有关这方面的书，不也是古人的统计吗？

自己有自己的一套，与各位分享。

通常先分两大类：长得高和长得矮。

前者比较单纯，后者古灵精怪。

造成高人单纯的原因：大概是他们的血液循环慢了一点，每次血液跑到大脑，要走一大圈，就没那么多时间去想七想八。

矮人不同，一刹那血液已经走了三四圈，使得脑细胞的组织非常灵活，所以他们的思想很复杂，有很多剩余的空间去制造多一点的幻想，也常无中生有。

另一个原因是，矮人从小被周围的高人耻笑，造成一种自卑，也很快地学会了保护自己，比人家聪明，才取得一席的地位。这个分析，大概错不了。

“你这么说，是不是暗示我很笨？”身材高挑的小朋友问。

“比起矮人，高人是笨了一点，但是吃亏是福，也不是矮人能够了解的。”我这么一说，高人小朋友听了比较舒服，反正要说服他们，是比说服矮人容易得多。

再仔细一点，眼睛大的人和眼睛小的人，都可以用高矮的同一道理来分析。

眼大的人看东西不一定比眼小的清楚，但眼小的也是因为外形不佳而产生了保护色。大眼睛的人往往看不通眼小的人想些什么。而他们想的，多数是致命的招数。

“动手术整容，不就行了吗？”小朋友问，他自己的眼睛很大。

“没有一个人，做小孩子的时候就去整容的。”我说。

大眼睛人同意，是的，他们也比较单纯。

味

女友问我："男人心目中的女人味是什么？"

我回答："会发生三种现象。"

"哪三种？"她问。

"第一，"我说，"即刻令男人有性的冲动，马上想和她上床。"

"太直接了吧？"她说，"也太过简单，怎么只有性，没有别的？"

"你问的是男人的观点，男人就是那么直接，女人不懂。"我说。

"好，那么第二呢？"她又问。

"第二是令男人觉得其他女人都失色了。"我说，"一直想在她身边流连。得不得到她，不要紧。"

"好像能理解。"她说，"那么第三种现象呢？"

"第三，是虽然不肯离开她，但是又要离开她。有女人味的女人，令男人自惭形秽。"我说。

“好在我没有。”她拍拍胸口说。

我想说：“我的目的，就是讲这句话。”但是没有开口。有女人味的很寂寞，多数因为寂寞而给男人追到手。

“气质呢？”她问，“什么叫气质？”

“和女人味一样，有女人味就有气质，发生的现象，也相同。”

“是不是可以培养出来的？”

“一半，一半。”我说，“天生一副懒洋洋的个性，也颇有女人味，不是后来可以学习得到的。”

“那么什么是男人味？”她问。

“男人味发生的现象，只有一种。”我说。

“那是什么？”她追问。

“令女人暗恋一辈子，永远开不了口告诉他，就是男人味。”我拍拍胸口说，“好在我也没有。”

桌布

手帕已经不流行，大家都用面纸来擦嘴和抹手了。

但是最大的擦嘴和抹手的东西，还是餐厅中的那条桌布。

伙计捧了菜来，手一沾油，就掀起桌布一角来擦擦手。擦惯了，拿干净筷子碗碟来的时候，也要顺手一抹才过瘾。

我最、最、最讨厌这些举动，与当众擤鼻涕、吐口水一样肮脏的行为，有什么不同？

但无论是由小厮升到经理的，或是永远在跑堂的家伙，不管三七二十一，非用你的桌布擦一擦不可，这张桌子擦一下，那张桌子擦一下，擦擦擦擦，擦到老，擦到死。

昨天吃饭，老板前来打招呼，介绍店中名菜之后，就那么大剌剌地卷起桌布擦手。

“你从前一定是做跑堂的。”我指出。

“你为什么知道？”他诧异。

为什么不知道？不知道才怪。这种手势一染上，像毒品一样，戒不了的。

真想用绳子把他的手绑住，但是相信这一个人一定会弯了腰，用嘴巴挨到桌布上去擦。

又常问：为什么桌布一定用桃色的呢？也许最初是大红的，洗成这个颜色吧？桌布永远是那么暧昧，那么残旧。

法国朋友一直怀念格子的桌布，也许移民到外国的香港人，也会想起桃色的吧？

有的餐厅用桃色桌布的餐厅，给人的感觉是下等的、不好吃的。我喜欢的馆子，连一条餐布都不铺，东西照样美味。宁愿没桌布，不去光顾铺桃色桌布的餐厅。

在婚宴上，对面坐了一个大美人，本来想上前搭讪，但看到她拿起桌布抹嘴，即刻软下。她一生人，认为最干净的，也只有这条桌布吧？

好吃命

李居明，从他在新艺城工作的日子认识以来，已有很多年。

最近他那本《饮食改运学》的书提及我，查太太买来赠送。见面，李居明从一位瘦小的青年变成圆圆胖胖、满脸福相的中年人了。

他说我是“戊土”生于“申”月，天生的好吃命。而且属土的人需要火，所以我任何热气食物都吃，从来没有见过我大喊喉咙痛，这便是八字作怪的。

哈哈哈哈，一点也不错。他说生于秋天“戊土”的人，是无火不欢的，因此喜欢的东西皆为火也。

一、抽烟，愈多愈好。

二、喝酒，愈多愈行运。

三、吃辣，愈辣愈觉有味。

无论你列出烟、酒及辣有什么坏处，对蔡澜来说，便是失效。八字要火的人，奇怪地抽烟没有肺癌，身体构造每个人都不同，蔡澜要抽烟才健康。

同样地，酒也是火物，但喝啤酒便乍寒乍热，生出个感冒来。

辣椒也是秋寒体质的人才可享用的食物，与辣是有缘的。

李居明又说我的八字最忌“金”。金乃寒冷，不能吃猪肺，因猪肺是“金”的极品。

这点我可放心，我什么都吃，但从小不喜猪肺。他也说我不宜吃太多鸡，鸡我也没兴趣。至于不能吃猴子，我最反对人家吃野味，当然不会去碰。

我现在大可把别人认为是缺点的事完全怪罪在命上了。我本来就常推搪，说父亲爱烟，母亲喜酒，对我都是遗传。而且不知道祖父好些什么，所以也是遗传吧。

一生好吃命，也与我的名字有关。蔡澜蔡澜，听起来不像菜篮吗？

火炬

讨厌的是一些没有酒品的人。

宴会上总会遇到几个，斯斯文文，颇有教养。一喝酒，乱性了，就跑到你面前大发谬论，重复又重复。

你说，我听。本来不算是怎么一回事，但他们老是愈讲愈靠近你，有时还伸手来搭你的肩膀，做老友状。

看对方是主人的嘉宾，就容忍下来吧！可是这家伙说话口沫横飞，溅到你的食物，喷到你的脸上，就算多有涵养的人，也受不了。

还是倪匡兄率真，他遇到这种情形即刻开口大骂："你是什么人？非亲非故！干吗要那么亲热？你给我滚开！"

对方当然下不了台，主人也没面子，走过来拼命道歉。

"这种人也是你的朋友？"倪匡兄连主人也骂了起来，"你也有问题！"

反正他要去旧金山不回来，全香港的人得罪光了也不要紧，我还是要在这里混下去，想学他大骂，但不够豪气。

这种人遇多了，就想出对付办法。最初想到的是逃避，此厮从另一桌走过来，我就跑到他原来的地方坐下。

但是一点用处也没有，他好像锁住目标，你去到哪里他追到哪里。除非是起身回家，不然怎么避也避不了。

第二种办法是借尿逃遁，他一开口，就说对不起要上洗手间，岂知一走出来，那家伙竟然站在门口等你。

第三种最有效，那就是点一支大雪茄。当今我一遇到这种人，即刻抽烟。他一亲近，我就把雪茄提得高高的，隔着他和我的脸上，针对着他的双眼，吸一口烟朝他喷去，这时最好加点表情，目露凶光，一脸你再不撤退的话，我就和你拼个你死我活。还不觉警告的话，尽管放马过来！隔日那厮脸上伤痕累累，都不关我的事。

文眉

天下最恶心的事情之一，是女人的文眉。

起初黑黑绿绿，后来渐渐淡了，变成棕色。这也好，和目前流行的头发颜色相衬，只是女人不满意，还在文眉上涂黑，那么原先文来干什么？

“我的女朋友的眉文坏了，蔡先生，听说你认识很多日本的整容医生，请问他们说有没有救？”友人带女友来求我。

不看还罢，看了差点昏倒，他女朋友的眉粗还不算数，长长方方的，像两片香口胶，不过是一上一下罢了。

“左边文了觉得右边太细，右边太细又去文左边。”她哭丧着解释，“结果左边高右边低，文上文下，文到现在这个样子。”

勉为其难地花长途电话费打给梅田院长，院长说：“啊！没有救！”

“你就给人家一点希望吧！”我说。

“嗨，嗨！”梅田院长说，“唯一的办法，是用镪水腐蚀。”

我把消息告诉了友人的女友，她吓得脸色苍白，双眉更显得上下差距大。

最近遇到另一位友人的妹夫，也是整容专家，他说："现在不必那么辛苦了，可以用激光把刺青消除，就像除痣和除老人寿斑一样。比较棘手的，是消除眼线，女人文完了眉还去文眼线，大家都知道眼睛部分最敏感。"

太贪心了，太过分了。医生说："用激光把皮肤表层烧掉，靠眼睛的地方会很痛，虽然可以局部麻醉，但还是听到啪啪的声音，像烧柴时的爆裂。"

"那多恐怖！"我叫了出来。

医生继续："最恐怖的还是自己可以闻到一阵阵的焦味，像在烧叉烧！"

听了把我笑得从椅子掉到地上去。

掩嘴

和一群少女一起玩，发现她们有一个共同点，那就是喜欢掩嘴而笑。

与美丑高矮绝对没有关系，害羞或否也谈不上。聪明或笨，总之，一律做这个动作，没有例外。

好看的，掩起嘴来掩不住她们的娇柔；难看的愈掩愈显丑态，属于丑人多作怪，令人作呕。

掩嘴而笑，到底是很小家的举止，但自己女儿做起来，当然欣赏。所以这个动作只是留给亲人，留给你女朋友，其他人一做，惨不忍睹，简直像雪姑七友中的老巫婆那么恐怖。

不知什么时候开始，女的渐渐不掩嘴了。是在社会做事那个阶段吧，办公室中有什么人说一个笑话，反应只是笑得大声或小声。

但是，这群女子，到卡拉OK时，或陪男友吃饭，遇到滑稽事，照样掩嘴。

步入中年，这个动作完全地消失，掩嘴而笑只是用来嘲弄对方。

这时候，可能说别人的坏话说得多了，声线也有变化，笑起来，有时会有些奇怪。

也难怪，不插花、不缝针线、不做陶瓷、不读书，一味到美容院，做做污泥面膜，全身按摩。然后群聚在一起，喝个下午茶，八这八那。

结束之后，回家去把老公当成小孩指导，将儿女当成大人说教。

说完之后，又去烦家政助理。

最后，大家都散了，剩下女人一个看电视。看到《超级无敌奖门人》节目，见嘉宾互喂山葵，大笑三声，情不自禁地掩起嘴来，这时她骂自己："掩什么嘴？又没有人看到，神经病！"

骂人

写完稿，看钟，已是清晨六点，茶楼应该开门了，披上衣，往外走。这一家人做的咸鱼肉片饭很不错，一大早还卖叉烧白切鸡，各来一份，还加碟南乳猪手，才过瘾。

之前买了一本刚出炉的《饮食男女》慢慢翻，总比看什么人跳楼的报纸大标题舒服。

我不惹人，人来惹我，旁边一个中年汉子坐下，稀里哗啦地向这个向那个说话，粤语极不标准，一听就知道是潮州佬，而且是出自潮阳乡下的口音。

和其他地方的人一样，潮州人也分好的和坏的，这位仁兄属于后者，好出风头、自大、口无遮拦的那类无聊小人物，给别人一个错误印象，以为所有潮州人都是这样的。

这家伙头已秃，把一边留的长发遮盖上去，像披了一件烂被，略肥，样子更像某某人，俗不可耐。

“你怎么来‘这种地方’？”他用手拍了我一下。

我瞪他，不回答。最讨厌人家拍我，非亲非故，做什么老友状？

刚好卖点心的老太太走过来，就向她说："这种东西怎能给食家吃？"

老太太也不理他。潮州佬又学广东人，满口粗口，比我认识的粗口大王更厉害："人家来吃，只是试味，试过了就不来了。"说完取出一盏电灯泡，大做广告，说只卖二十块钱，还送一本说明书，也值几块。

我终于忍不住，大叫起来。

全场静了下来，转头看我暴怒。

那家伙也不生气，笑嘻嘻地好像在说至少有人理他。

骂完人，反而觉得自己无聊。实在是多余。

奴才

社会上，常看到大老板一出现，身边一群手下围住，毕恭毕敬，老板一说什么，即刻赔笑。这种人，看不起他们吗？谋生、工作罢了，无可厚非。但始终是一种不愉快的现象。

人总是喜欢听好话的，有了权力，周围的人都要顺从他。从前微小的时候藐视这些小人，一旦自己有了地位，就要人服侍了。

但已经不是帝皇时代了，说错话老祖宗也不会抓你去砍头，东家不打打西家，为一份职业，也没有做奴才的必要。

对上司，当对方是一个长辈，听他们的教导，没有什么错处。绝对不可以打躬作揖，他们一知道你是可欺负的，就来蹂躏你。

年轻人都是由底层做起，大家都有过老板，用什么姿态呢？不卑不亢，最为正确。对方知道你有点个性，也会重用你，因为你这种人才有主张。可惜懂得欣赏有主张雇员的老板少之又少，多数是他们说什么，你赞同就是，一直提反对意见，迟早有难。

把自己的看法写成备忘录是一个绝招，很少人肯这么做。如果能做到，事后总可以说我已经觉察，你不听而已。如果备忘录上写的东西证明是错的，那么勇敢承认老板更有眼光，对方也会欣赏你。

做人总得拥有一点点的自尊，为了一份工作而连它也放弃，一生只是小人一个。

从前工作的机构中也有过这么一个小人，他附庸风雅，要我写几个字给他，我笔一挥，写出“不做奴”三个字，这厮当堂脸青。还是我妈妈最狠，她靠自己的实力由教师当成校长，遇事决不低头，遇到我服务过的老板，向他说：“我儿子是人才，不是奴才！”好在对方明理，听了笑笑算了，换个别的老板，早就把我的饭碗打破。

头皮

“你长得有多高？”小朋友问。

“六英尺。”

“高人有什么好处？”

“好处数不出，坏处多得是。”

“举一个例子。”小朋友说。

“乘电梯的时候，遇到那些不知道多久没洗头的女人站在你前面，味道一阵阵传来，不是很好受的。”我说。

“男人也有很多不洗头，头皮满肩都是的呀！”小朋友抗议。

“是的，不管是男的是女的，有头皮的话就不应该穿深颜色的衣服。”

“有头皮是一种自然现象。”

“这说得不错，少量的头皮，多洗，就没了。大量的头皮，是一种病。”

“怎么医？”

“每天洗呀，一天洗两次，一定能洗干净。”我说，“买一把老人家用的篦，梳齿很密的那种东西，洗头之前刮几刮，也能去掉。药房很多治头皮的产品，搽一搽。”

“还有没有其他方法？”

“旧时妈姐们用茶渣来洗头，也能消除头皮。山茶花油是专门对付头皮的，搽了之后头发更是柔软发亮。”我一口气地说。

“广告卖的一种什么肩什么头的洗发剂有没有效？”

“我没用过，从前听亦舒说，愈洗头皮愈多，就没去试了。”

“你也有头皮吗？”

“有。到了冬天，天气干燥，新陈代谢，头皮就出来了，不过我们生长在南洋的孩子天天洗头，就看不到了。”我说。

“你对满肩头皮的仁兄什么看法？”

我懒洋洋地说：“我认为他们不尊重别人，也不尊重自己。这叫不自爱，不自爱的人，没药医。”

留指甲的男人

“你常说天下最恐怖的是八婆，”小朋友问，“那么天下最恐怖的男人呢？”

“是留十指尖尖指甲的八公，”我说，“相信我，这种男人，没有一个是好的。”

“也许他们留指甲是为了弹琵琶、奏古筝呢？”小朋友说。

“起初我也曾经这么认为，”我说，“后来一想，弹这些乐器，一只手留指甲就行，为什么要弄到十只手指？”

“那么弹钢琴呢？”小朋友问。

“笨蛋才会留指甲弹钢琴。”我说。

“你认为他们留指甲是怎样一种心态？”

“我不知道。女人留指甲也许是要显出她们的手指更修长，男人没有理由学她们。”

“留来挖东西的吧？”小朋友说。

“那更肮脏、更恐怖了。”我说。

“单单是留尾指指甲的话，你不反对吧？”

“我也反对。”我说，“也许在华人的社会见怪不怪，但是你试试和外国人接触一下，留指甲的人一定不会给人家好印象。”

“有没有例外的呢？”小朋友问。

“有。”我说，“你尊敬的人，你喜欢的人留指甲，可以原谅，像作古了的《东方日报》前老总周石先生就爱留尾指指甲，而且用拇指的指甲去弹它，‘的的’声很讨人厌。他有才华，有才华的人都可以原谅。不过……”

“不过什么？”小朋友问。

“不过我始终认为是一个坏习惯。”我说，“当今在内地也有男人留指甲，我一遇到了心中就憎恨，这些人向我要求任何事，我都不会答应。”

“送钱给你赚呢？”小朋友问。

“那又另当别论。”我说，“不过我不会说一声多谢。”

活该

小朋友看了我写的那篇男人留指甲的东西，大乐："八婆给你骂得多了，从来没看过你骂男人，看了好过瘾。"

"谁说我不骂男人？过去写的批评人类丑态的，都在骂男人。"我说。

"那些事女人也做呀！"小朋友说，"男人还有什么缺点？"

"多的是，你没看过那些鼻毛都长在鼻孔外面的男人吗？"

"真恶心！"小朋友说。

"一两条还可以说没留意，有的留了一撮，长下去就快变成希特拉了。"

"停止，停止。"小朋友大叫，"再说下去我一定把肚子里面的东西都吐出来！"

"但是也有些八婆喜欢男人这个样子的。"我说，"她们还认为很性感，看到了就像男人看到女人胳肢窝的毛一样刺激。"

"天！"小朋友掩住嘴冲进洗手间。

用面纸擦了嘴之后回来，小朋友又说："人的外表，到底是他们自己的事呀！”

“这一点我也赞同。”我说，“但是这种人最好别上街，躲在深山，留什么部位的毛都可以，但是出来见人，人与人之间有一种互相尊重的礼貌，长鼻毛，不但没有礼貌，而且是视觉污染。”

“你认为这种人是怎样的一种心态？”

我说：“不是特别要惹人讨厌的心理，而是他们的知识水平太低了，他身边的人也不认为是什么大不了的事，没去提醒他。”

“虽然样子讨厌，但也不妨碍他们工作呀！”小朋友说。

“这也没说错。”我说，“不过这种人永远不会出人头地。即使变成了暴发户，也是智慧很低，品味极差，让人看不起。至少，他们到外国旅行，也一定遭受歧视，是活该的。”

不能原谅

“男人还有什么坏习惯？”小朋友不放过我追问道。

“多。”我说，“比如他的狐臭，我最受不了。”

“女人也有呀！”小朋友说。

“是的，她们臭起来比男人更厉害，不过有很多男人喜欢。”我说，“这是造物主给她们的本能，用来吸引原始动物。男人有狐臭，是不干净。”

“有时候乘的士，那个司机大佬身上的味道一阵阵地传来，实在受不了。”小朋友说。

“可不是！”我说，“上次去广州，出版社派了一个司机来接我，那个老兄的狐臭特别厉害，关在车子里面，冷气又不足，差点把我熏死，但是出版社的人不觉得。当我说回香港时自己搭的士到火车站，他追问原因，我只好告诉他。他听了说：‘我没感觉到呀！可能之前闻惯了。’我一听，差点晕了过去。”

“有没有药医？”

“从前西班牙出了一支小牙膏，很有效，一涂至少可以顶上两三个星期。但是后来买的人少，药房就不代理了。”

“现在呢？有没有其他替代品？”

“老人牌不只是剃刀，止汗、医狐臭的药膏也一大把，一支没多少钱，也很有效。”

“听你这么说，是经验之谈。”小朋友问，“你自己也有狐臭？”

“有。”我说，“但是我学会了防止，大多数的男人都有的。”

“那么那些不会防止的男人呢？”

“头皮、狐臭，都是小毛病。”我说，“可以医治的。为什么不去医治？又不是什么癌症！他们很自私，不管别人。注定他们一生只能做一个小人。这已经不是人生自由或不自由的问题了。造成嗅觉污染，是不可以原谅的。”

怪癖人过敏症

网上有人写“怪癖男人过敏症”，细数男人十种不可饶恕的行为，实在精彩，照抄如下：

一、男人西装革履，一表人才，但两手尾指都留长指甲，无论留来改运或清洁身体某部位，都不敢恭维。个人卫生事小，和他牵手时给他抓伤事大。

二、有头皮屑的男人，都不是天天洗澡的男人，一定很臭。

三、腰围三十八，胸围三十三，但还要穿垫肩T恤来展示的男人，脑子一定有问题。

四、穿了T恤衫还要在腰间打一个结，露出半截腰的男人。

五、中学时候男同学穿背带裤，可以原谅，但过了发育期还穿背带裤，又露出一双白袜的，太可怕了吧。

六、乘地铁时，一上车即刻抢位子坐的男人，不会好到哪去。

七、同样是乘地铁,一上车就打开“风月版”来看,看到忘记下车的男人。

八、紫头发,打手机不顾旁人大声讲话,而手机又是改装,又是闪亮灯,最要不得。

九、吹嘘自己精通摄影,但家中只有一部傻瓜相机的男人。他们一生拥有的照片,是在地铁站那个快相机上拍的照片,还说是自己的作品。

十、以上九项都没有犯过,但是会对你说:“上次去麦记,我替你买的那个恐龙大餐……你……你还没有把钱还给我……”

作者还说男人怪癖,岂止这十种?我绝对赞同,要我来数,至少可以数出一百项来。

女人呢?有怪癖男人就有怪癖女人,怪癖女人有多少缺点?

我数不出。我只知道唠唠叨叨的女人,都怪癖,但是她们长得漂亮,又可作例外。丑人多作怪的八婆,都是怪癖中的怪癖。

不

遠

花樣
不惑
HuaYang
Buhuo
¥1314.00元

味道要自己去感觉，去比较，才能了解。

第四章

做自己最快乐

聪明

老了，最大的享受是说真话。

陪一群人去酒吧喝酒，本来好端端的，忽然有一个人打开卡拉OK，大唱特唱起来。

“难听死了。”我开始说真话，那人腼腆，放下麦克风。

其他人松一口气，大快人心，都羡慕我有把真相指出来的勇气。

其实也不是够不够胆的问题。是来日不多，何必受这种怨气的问题。

“请给点意见！”餐厅老板问。

“不好吃。”我给了意见。

老板拼命解释：“今天大师傅放假，市场上又没有新鲜的食材。”

“你是要我给意见，还是来听解释的？”我问。

有人向我说某某人坏话时，我总是说：“想他们的好处，忘记他们的缺点。日子就会好过了。”

年轻人还有一个很大的毛病——充满了敌意，时常把一件小事弄得很复杂。

我说："要么就打，不然罢手。没有什么值得吵吵闹闹的。"

遇见一个人，一面讲话一面用手拍我，我说："我不喜欢人家拍我。"

又得罪了一个，他永远怀恨在心。但是，得罪就得罪，算得了什么？把他当女婿吗？绝对不是人生损失。

再也不必敷衍了。人生快事!

尤其是对一直装出客气状的虚伪日本人，我更不客气，劈头来一句："是，和不是。简简单单。为什么你想得那么辛苦？"

真话说得多了，说服力就强了。有时来一句假的，变成事实。

"靓女！"这么一叫，人人相信。看到丑的，想这么叫也叫不出，唯有折中，半真半假："你很聪明。"

靓女

我活在一个“会做人”的社会。

从小父母亲就教导：“乖，有些话是不能当人家的面前说的。”

所以我不敢指着邻居那个胖八婆，大叫：“丑死人。”

渐渐地，这些不能当人家面前说的话，变成讨好人家的话，会对同一个八婆说：“阿姨，你一定整天吃好东西。”

出来做事，更会在老板面前说：“这都是你有眼光。”

看到又讨厌又可恶的孩子，我说：“真聪明，长大了不得了。”

我做儿童的时候，也常听到这种对白，当然学习得很到家。

会做人不是一件很坏的事，但是太会做人，等于虚伪。

从小教孩子会做人，是不应该的。当身边的每一个都那么假的时候，忽然有一个肯说真话的小孩出现，等于给我这种会做人的人掴了一巴掌。

会做人做久了，就不是人了，是应声虫，是骗子。不知不觉之中，没有办法改变，以为自己是一个人。

这个会做人的人，活到老了，本来可以讲回几句真话，但他已经失去了这种本能，继续会做人，做到成为一个做不了人的鬼。

直到这几年，我感觉非常疲倦，现在这个阶段，才学会讲真话，所以很多年轻人喜欢我，因为我已经不管人家怎么看我，余生学习不会做人。

写文章不求留世，工作当消遣，有什么说什么，东西不好吃就说不好吃，这种讲真话的本钱，是我花了数十年储蓄回来的，现在不用，再也没有时间用。

唯一有点违背良心的话，是看到女人，都叫她们为“靓女”。

赞美

旅行团中的一位太太，天天看我在《名采》的专栏，每篇东西都背得出，真是位忠实的读者。

“我们做女人的没那么坏吧？”她向我说，“为什么你没有一篇文章称赞我们？为什么都在骂我们八婆？”

“我没有说过女人都是坏的呀！”我辩解，“我说女人坏话，也加了一句有些女人是例外的呀！”

“例外不等于赞美。”她说。

所以今晚在温泉旅馆中写稿，赶个通宵，一定要说出我对女人的欣赏。

第一，我妈妈是女人，而且是一位勤劳节俭、刻苦的女人。她把我们四个儿女培养出来，非常非常伟大。

第二，在我成长过程之中，有许许多多我遇到过的女人，她们爱护我、教育我，没有了她们，我想，这一生，活也没有什么意思。我很感谢她们。

第三…… 第三……

有两件已足够了吧？

我受不了的是她们统治男人的本能，一天过一天，一月复一月，她们非得把你管得服服帖帖不可。

“这件衣服穿了不好看！”

“天凉了，多穿一件！”

“天热了，少穿一件！”

为什么？大多数的男人都会这么问。

“冷气太冻，带件外套吧！”女人说。

男人发起脾气来：“身体是我的，多穿一件少穿一件，要穿什么，是我的决定。”

“哎呀！”女人说，“一切为你好呀！”

男人没有话说了。

对了，女人还有第三个长处：女人虽然没读过医科大学，但都学会了当医生。到时到候，她们一定会说：“吃药！”

问候

微博是用来发表自己的意见，这是自言自语，我最不喜欢。

和各位沟通的渠道，最好莫过于问与答。经常做公开演讲，与其发表自己的意见，不如问大家想听些什么。

问题愈短愈佳，愈尖锐愈是精彩，我的回复也尽量简洁扼要。这么一来，像一个球，你抛给我，我扔回去，非常互动。

也以同样方式要求网友，结果提出的问题无数，大多数都很有趣。

概括起来，问题分四大类，饮食、感情、人生疑难，以及毫无意义的闲聊，这也是我最喜欢的。

我对年轻人的态度总是爱护的，又多加正面鼓励，当然不是心灵鸡汤之类的说教。一谈到吃的，有些人说，这些我们都无法享受，你有钱，你当然要吃什么就吃什么。

我也不生气，回答："我已经很老了，你们到了我这个年龄，会比我强。我年轻时也经过了奋斗，才能享受到成果。"

问到感情，我劝说把问题简单化，A君B君，选其中一个，别后悔，烦恼即消。最先进的计算机，答案也是由正与负挑选出来的结果。

不过有人总是但是，但是，但是……

我即回复：“太多但是，精力都被负面的意见吸尽，请别纠缠。”

闲聊中，我向网友学习到的不少，也知道大家的想法，只是，觉得我比年轻人更年轻。至于什么叫快乐？有了辛苦，才感到快乐，天天是星期天，就不知星期天的快乐。

网友都很和善，有些非常聪明勤快，我很爱他们。素质参差不齐，倒是避免不了，遇到有些井底之蛙，或是夏虫，不作答就是。

也有出言不逊的，一开头就粗口问候，我也回答，说故事给他们听：

“有一次，和倪匡兄去澳门，遇到同样对待，倪匡兄说：‘我很老，我妈更老，不适合你。你年轻，你妈较适合我。’”

合照

忽然看到自己的照片，挂在一个没有去过的餐厅墙上，我没坐下来吃，回头走出去。

有时出席一个热闹的场合，陌生人前来要求合照，不好拒人千里，拍了不知有多少，其中之一就被人利用来宣传，有什么话说？

倒霉的是，有些友人抱怨："到你介绍去的餐厅吃过，一点也不好。"

问什么店名，听也没听过，实在没趣。

最初，大家用的是傻瓜相机，拍照速度比菲林机慢，等得脸皮都笑僵了，也拍不到一张。

自从手提电话有了拍照功能之后，要求合照的次数也愈来愈多。令人觉得烦的是，那拍照功能摸不熟，左按右按，拍不到一张，有时候又说拍坏了，重拍一次，比傻瓜机还傻瓜。

算了，一张照片罢了，最多花两三分钟，但这儿拍一张那儿拍一张，加起来，就浪费了剩下不多的生命。

从前，日本明星来港拍戏，有影迷要求合照，他们都拒绝，我看到了劝说："那是米饭班主，就让人家拍吧！"

很意外，他们听了也照做了，当今如果我拒绝和人家拍照，岂非自打嘴巴？

有鉴于此，我每次还是笑着和人家合照，但有些人还得寸进尺，前来搭肩膀，我就十分反感，三不识七，做什么老友状？

到食品展去，有人把一个茶包塞在我手上，合照不算，还命令要举起茶包。明明知道对方的来意，我拿着这个茶包，也哭笑不得。

今天，在报上看到大标题："黐星合照，老嫩通杀"。嫩的当然不是我，我对这个女人一点印象也没有。感觉上，好像是那张被挂在不知名餐厅壁上的照片，这种手法，总是下三烂。

从此，不再和不认识的人合照了，要怪就去怪那个女人。

满天星斗

不知道从什么时候开始，我变成所谓的“公众人物”，躯壳已不属于自己。

做公众人物便要有义务，其中一项是对方会要求你和他们一起拍张照片。

当然很乐意地奉陪。

当今大众用的绝大多数是傻瓜相机，本来随手一按，即成。但是很多情形，拍的人举棋不定，横拍直拍，距离远近，都犹豫了老半天。赶时间，催促起来又像在耍大牌，只有耐心地笑，笑到脸上肌肉僵硬为止。

如果是一对情侣或夫妇来合照，多数请侍者或路人来按快门。这些人扮专家，所选角度非常刁钻，时间花得更多。

前来合照者，必把我挟起来。他们小时听阿妈或邻居八婆说，三人拍照，中间那个早死，千万不能站在中间。

我一把年纪，当然不要紧，又不迷信，毫不在乎，理所当然的事。

姿势摆好之后，好歹拍了，大多数人会说："再拍一张，保险。"

或者说："再来一张半身的。"

结果全身、半身、特写。不管怎么拍，我还是笑嘻嘻的。记得成龙教训的一句话："要就不做，做了，便做好它。他们是我们的米饭班主，能多一个是一个。"

有时遇到些美女，工作变成了乐趣，但拍照片和人生一样，不如意事十之八九。

只有低微的要求。有些人一看到别人拍自己也一定要来一张，根本就不珍惜这个机会，还时常用手臂来搭肩膀，做老友状。夏天穿麻质西装，干洗起来费用不菲，请千万别来这个动作。

到珠江三角洲，晚上看不到月亮，一群人的傻瓜相机都自动闪光，拍完一阵子，满天星斗，美丽得很。

高级

跟餐厅经理聊天。

“到底有没有高级餐厅和一般餐厅的标准？”小朋友问他。

“有。”他回答，“卖游水海鲜的就是高级的，卖死鱼的是低级的。”

不敢苟同。很大众化的地方也有个水箱，游泥鳅、盲鰽等鱼，味道不错。而且，所谓的游水石斑，肉很硬，我一向不喜欢，没有什么大道理。

“服务方面呢？”小朋友问。

“厨房的阿婶把菜拿到客人面前，要等侍者端上桌，才能算高级。”经理说。

最最讨厌这种制度，也不知是哪厮想出来的怪理论。菜拿来就拿来，何必多此一举？等个老半天侍者叫不到，等到冷却为止！

经理看到我一脸不以为然，走开。

在人工成本逐渐提高的社会，一分一秒都是钱，多用一个、少用一个人都是成败的因素之一。把这一方面的浪费花在制服上好了，让厨房阿婶穿得整整齐齐，大家都有面子。

行为愈来愈放荡，凡遇到这种情形，我一二三从阿婶手上抢过菜来吃，她委屈抗议：“经理看到要骂的！”

“不关你事，我担当。”我一面吃一面说，小朋友大笑。

殷勤的女侍者把我面前的碟子一换再换，弄得我有点烦，叫她不必换了，还是那句话：“经理看到要骂的。”

经理走回来：“东西还好吃吧？”

“很好！”我说，“就不喜欢你们一直换碟子。”

“不好吗？”他问，“高级嘛。”

我懒洋洋地说：“要换，就连羹匙也换了。只换碟子不换羹匙，谈什么高级不高级？”

舀汤

不太喜欢和不熟的朋友应酬，有个主要的原因，那就是和他们吃饭时，大家的习惯摸不清，吃得不过瘾。

像侍者把菜给你看了一下，问道："要不要分？"

又不知道这些人怕不怕染到细菌，只好点点头，结果分完再上，全部冷掉，又分到自己不爱吃的部分，也得连气吞下，很不愉快。

一个红烧蹄髈，要是和好朋友分享，摆在桌上，你一块肉，我一片皮各自撕开，有多好！不喜欢肥腻的可以来蔬菜，浸浸肉汁，也很美味呀。

已说过了，和医生们一起吃饭时，他们证实大家用筷子夹一碟菜，染病的机会，几乎等于零，把病人呕吐出来的东西吞进口，才会感染的嘛。

一碟菜的旁边放一对公筷，我倒是不反对的，而且还非常遵守这个饮食规则。我还时常把摆在面前的那个银匙当公匙，只舀菜而绝对不放进口呢。

吃饭时，菜不是嫌少，而是怕多。中国菜不像西餐，可以单独来吃，举个例子，西餐一个人吃半边鸡，我们的炸仔鸡斩成一块块的哪有只吃一味的？还有别的东西吃呢。

曾经有过一个时期，餐厅中摆了两对筷子，夹菜用的和放进口中的。结果吃到一半，大家已经混乱来用。现在已不流行。

鱼翅是一碗碗上的，当然没有问题。把一大碗的芫荽鱼片皮蛋汤分来吃，就要皱眉头。到底是鱼翅好吃，还是鱼汤好吃？我还是选择一大碗，大家用汤匙舀汤直接送进嘴。

小时一家人吃饭，怎么会分？哪来的公筷或双筷？

等到老的死了，年轻人出国，你想一起舀汤来喝，还难呢。

永不

童话中，王子向村姑说：“我不会离开你，永远永远在你身边。”

另一个故事，公主拥抱骑士：“我爱你一生一世。”

也许灰姑娘的老公是一个很固执的人，婚后变得枯燥无味。你想想，拿一只鞋子到处找一个女人，不但需要坚持，还有点傻兮兮。

旧时的孩子比较单纯，还相信这些误人子弟的故事。信息发达的今天，从计算机中汲取无限的知识，思想成熟得快。见父母亲吵架，其他同学家长离异，爱情故事变成笑话，只能接受魔术、整蛊的剧情，所以《哈利·波特》才流行起来。

幻想破不破灭是另一个问题，男女始终还是要经过恋爱阶段，当然要相信美好的好过残酷的。所以芭芭拉·卡特兰、琼瑶、亦舒继续有她们的读者。亦舒的故事还较有现代感，尖酸嘛。

“你有一天一定会离开我。”少女说。

男友回答：“不，我永远不会离开你。”

“别说你没自信的话，这世间很难有‘永远’这两个字。”少女叹气。

谁能知道未来将发生什么？说永不，只有我们有资格。我们剩下的日子不多，又忍惯了，成功的机会还有几个百分比。

优柔寡断

《花生漫画》中的查理·布朗，是个性很优柔寡断的人物。露西经常骂他："Wishy-washy。"再好的英文翻译也没有。

优柔寡断潜藏于我们每一个人的身上，任何事都一二三地解决的人，并不多。

早上起床吗？再睡一会儿吗？已是一个很难下决定的问题。

上课吗？或是扮肚子痛？从幼儿园开始，儿童已知道优柔寡断是怎么一回事。

小学时，考试之前赶通宵死背书，还是去玩更好？

到了初中，同学抽烟，一起抽，还是拒绝他们的好意？

高中已谈恋爱，打电话给女同学，或是等她打来？

出来做事时，炒不炒老板的鱿鱼呢？

老了，病了。死还是不死？

最典型的，一定是莎士比亚笔下的"to be, or not to be"（生存还是毁灭），我们一生最大的苦恼，莫过于太过优柔寡断。

既然我们知道有这个毛病，就要当它是乐趣处理。

先学会做什么事，错了也不后悔，自己的决定嘛。慢慢地，我们优柔寡断的行为就会减少，自信心就越强，决策就越快。

可是，到了星期天，我们就要享受优柔寡断了，出门还是不出门？想了老半天，还是在家好一点。

肚子饿了，吃不吃东西？到餐厅还是自己烧菜？

写稿还是不写稿？看不看电视呢？读不读书？

结果什么事都没做，躺在沙发上，问自己说：“睡不睡觉？”

哈哈哈，优柔寡断，真好玩。

怕

年轻人充满信心，自大得很。

但是奇怪，他们怕这个怕那个，怕的东西和人物真多。

读书时怕考试，怕凶恶的老师，怕交不出成绩单，怕考不上学校。

初闯情关，怕出现一个比他们更有钱的少爷对手，怕说明爱意给人笑。所以怕自己不够好看，怕长满脸的青春痘。怕太瘦，怕太肥，怕太高，怕太矮。怕一生孤独没人要。

出来做事，怕上司，怕同事用刀子插背脊，怕被炒鱿鱼找不到工作。

买点股票，怕在股市中被套牢。买张彩票，怕不中。步入中年之前，又怕老。

到了我们这把年纪，才真正天不怕地不怕了。对我们来说，一生已经赚够了，再也不能从我们身上剥削些什么。

真不明白失恋为什么那么恐怖，这个不行，找另外一个呀！难道天下只剩一个女人？

样子长得好不好看？哈哈哈哈，不好看又怎样，满脸皱纹又怎样？那是我们的履历书。

生了一个大肚腩？好呀好呀，女人当枕头，还不知多舒服！这个年纪，有肚腩才是正常的。骨瘦如柴的，不聚财。

遇到有钱佬，照样你一句我一句，身份平等。你以为他有钱，死了之后就会留给你？

遇到高官，还是开开玩笑算了，也不会因得罪了他们而被秋后算账。

看医生时，说一句“大不了死了”，一切就那么轻松带过。

如果上帝出现在眼前，问问他：“你出恭的样子，是不是和平常人相同？”

吃什么？

在微博上回答问题，是件乐事。

关于吃，我一向说是比较出来的。为什么会推荐这家餐厅？是我吃过同类中挑选出，认为最好，也没有什么标准，个人喜恶而已。

但有些人看了，还是要追问："为什么是最好？"

已经给了的答案，对方不看，也许不肯看，就问这个笨问题，实在有点白痴。笑而不答，对方再次追问："怎么一个好吃法？"

味道这种东西，不是用文字可以形容的，这一点倪匡兄和我的意见一致。味道要自己去感觉、去比较，才能了解，所以遇到这种问题，只有避之。

"蒸鱼和焖鱼，哪种好吃？"

"当然是蒸鱼。"我回答。

这一来可好，触发到对方的乡愁，一连发来几十条信息，解释他们家乡的焖鱼有多好是多好，我经常反问一句："你吃过蒸鱼吗？”

对方不答，表示没吃过。这一类的夏虫，不值得去懊恼。

“吃蒸鱼，有什么趣事和故事吗？”饮食记者常问。

为什么吃东西一定要有趣事、故事呢？我回答说有一本书，叫《饮食小掌故》，你去找来抄吧。

最讨厌的还是问有关食疗的：“吃这东西，有什么好？”

此类问题香港顺嫂最喜欢，她们不问味道或价钱，总是：“有什么好？”

“脸上长青春痘，吃什么东西好？”是年轻人最爱问的。

我又不是医生，哪有答案？只有爱理不理地：“等到有一天你长不出了，就会珍惜。”

“吃什么减肥？”八婆们永远追求的秘方。

我的回答是：吃泻油，吃树皮，吃草。

最后加上“哈哈”二字，不然对方会当真。

舒服就好

朗月
清風
閑觀魚

半夜想好千條路
早上起來賣豆腐

弥

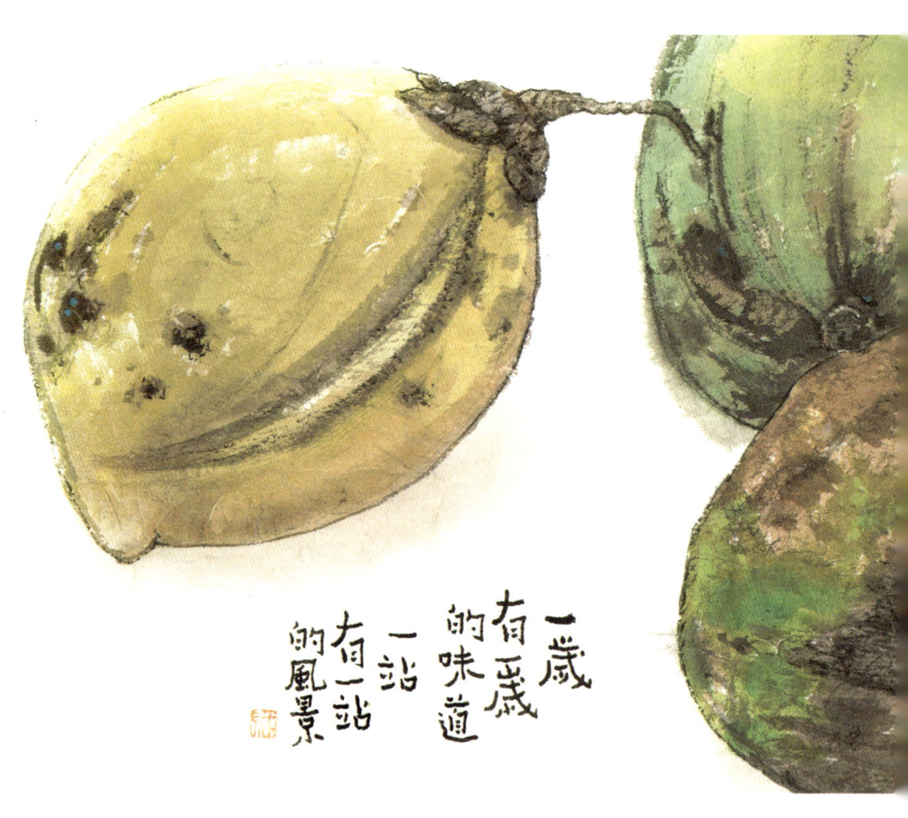
一歲
有一歲
的味道
一站
有一站
的風景

行藏在我

讲座

一连在新加坡和顺德做了两次公开讲座。所谓演讲，也不过是回答听众的问题。我最怕一个人自言自语，觉得很无聊。

举办者说一定要有一个题目，我只有用“如何减压”“吃喝玩乐”等等充数。其实说的内容是天南地北，像在各位的客厅中闲谈，那才叫作交流。

这种讲座和签书会，都只能接触到很少的一部分人，劳师动众，本来不该为之，但是总想看看读者是怎么一个样子，才最值得做。

我绝对没有自大，知道自己做了些什么。我的文字永不悲观，只希望带给大家一丁点的欢乐。当收到读者来信时，说看了我的东西后变得开朗，老怀安慰。

一上台，讲了几句，就请观众发问，大家问什么，我就讲什么。何必准备题目呢？

但是观众总是不惯在公众之前发问，有的怕自己的问题幼稚，有的担心问题是否太过尖锐。想出一个办法：让大家拿小纸条写上问题，交给司仪念出，我即作答。问题愈来愈短，我的答案也愈来愈精，像一个球一样，抛来抛去。

司仪起很重要的作用，观众的问题与问题之间一有空档，司仪即刻补上，所以每次演讲必请一位友人帮忙。在吉隆坡做讲座时，有何嘉丽精灵古怪的提问“搭救”，是当天成功的因素。

有一次由黄霑兄做司仪，我在讲座开始之前已经在台上坐好。

“你慢慢出场好了。”他说。

我摇摇头：“这是我的策略，比观众先到，眼睛直望一个个走进来的人。后来入场者以为他们迟到，有点不好意思，就不会调皮捣蛋了。”

黄霑听了大乐，说是一个好主意，下次照办，把司仪也弄得开心，是很过瘾的事。

地域

“你有没有吃过我们家乡的某某菜肴？那简直是天下美味，没尝过实在可惜。”网友常这么对我说。

对这种家乡情结，我只是想说：天下之大，也许有更好的呢？

“不、不、不，那绝对没有可能！”他们又说。

那你吃过没有？没吃过怎么知道？对方已回答不出来了。

一有反对意见，即刻伤了他们的自尊心。你说海南菜不好吃，那么整个海南岛的人估计都会围攻你。

只有回答：不错不错。或者，学洋人的外交辞令：Interesting（有趣）。一说有趣，对方分辨不出你是赞或贬，也就放过你。这句“有趣”，变成我的常用语。到一些普通餐厅，主人前来问意见，我总之会有趣、有趣地回答。

除了有趣，还有一句叫 Different（不同），这比较中肯，也不一定是敷衍，各有各的做法，的确不同。

不同才好，为什么一定说自己的东西较别人佳？一比国家的，更是大事。

法国菜难吃透顶。你一向法国人说起，他们一定跳了起来。但你有没有想过法国人来到我们这里，说中国菜不好吃，你会有什么反应呢？

不单国家与国家斗，本国人也和本国人斗，东和西斗，南和北争，总之不能批评，没有人会容纳相反的意见。

我妈妈做的菜最好，这我同意。我妈妈是某某地方的人，你说这地方的坏话，就等于污辱我妈妈，这就太过分了。

地域性的根，是拔不起来的。你是四川人，当然说四川菜好。有个台湾人问我："我们的红烧牛肉做得最好，为什么欣赏韩国的？你不是中国人吗？你有没有地域性的分别？"

"有呀。"我说，"我的地域，是这个地球。"

杀蚊

代表酷暑的，还有蚊子。

都市人营养丰富，每天又在动脑筋，吸他们血的蚊子，也愈来愈聪明，吃得也刁钻。先是数十层楼的大厦住宅，也遇到蚊子，从哪儿来的，不可能飞得那么高吧？你猜对了，蚊子乘的是电梯。

没有从前的蚊子那么笨，一下子咬了不放，现在的选精择肥，这儿叮一口，那儿叮一口，放射毒液之后，并不马上吸血，像在试菜。

咬的部位在手指的骨头上，有时喜欢叮眉毛，耳朵更是它们认为美味的，脚板底更不会放过，从前的大腿、手臂，像鸡胸肉已无味。

昔时蚊子，叮过后忍它一忍，抓一抓了事，如今叮过后奇痒无比，数日不消，不用刀片割肉放血，除不去怨恨。

时而向食物挑战，时而梦中唤醒你，看你如何对付？它们已经练成一身功夫，本来可以无声无息地叮完逃掉，但是看熟睡中的对象并无乐趣，便在你耳边嗡了一嗡：“喂，醒来打呀！”

空调普及之后，一开冷气，乡巴佬蚊子以为冬天来到，躲了起来，都市蚊子似乎很享受这种科技，愈有空调愈凶悍，咬个不停。

吾老矣，见蚊不杀。对方也是找吃的。

但心头之恨未消，所以不能成为佛教徒，被咬一口，杀一只报仇，成为定律。

都市蚊子可不易杀，明明在眼前出现，扑上去想置于死地时，忽然隐身。手掌已不能成为武器。起初借助一张被单，想学《花生漫画》之莱纳斯，飞将出去，“啪”的一声，将蚊击落，但发现只能在卡通片中才行得通。

最佳选择是一条擦手毛巾，用来挥扑房间各个角落：窗帘布之后、柜台底下，都是蚊子爱藏之地。等敌人现身，即用毛巾扫晕它。见蚊子跌在地下，用脚一踏，“趵趵”的一声，血团喷出。啊，复仇，是甜美的。

残废

好友家中有三千金，分别为七岁、八岁、九岁，都长得可爱。

“十年后，我就退休。”他说，“全职看管我的女儿。”

看他，想起去年过世的哥哥，爱女如命。到了有月事的年龄，哇哇大叫，担心得天就快塌下来的他，闹得不可收拾。

女儿长大要出门，吩咐她说：“十点钟之前一定要回来。”

外国留学后返家，去看电影，吩咐她说：“十一点钟之前一定要回来。”

一转眼，女儿已三十，还左挑右挑，这时，大哥吩咐她说：“今晚在朋友家过夜也不要紧。”

爱心、道德观，都是想出来的东西，随着时间和环境的改变，死守，烦恼便多了出来。

庆幸自己没有女儿，才能说风凉话，要是有了，说不定门都不让她们踏出一步。

做爸爸的，都是怪物。

所谓的“性生活”，是生活的一部分呀。女儿长成，难道不让她们生活吗？

一直担心她们让人家欺负，把生活变成虐待，自己正常吗？

谁会知道，她们不在欺负别家的儿子？

也许不担心的人，只有外星人吧。

倪匡兄可以和女儿大谈性事，两人哈哈大笑。这两个人都是外星人。

另一位友人，也有二千金，向我说：“谁碰她们一根汗毛，谁就残废。”

听了毛骨悚然，好在她们的父亲都是白领阶层，不然就残废了。

穿自己的衣服

遇到一个过去认识的人。

“好久不见。”我打招呼。

“我倒常看到你。”他说，“你穿着拖鞋和短裤，在旺角跑。”

去菜市场买菜，穿西装打领带，不是发疯了吗？

衣着这问题，最主要的还是看场合。更要紧的，是舒不舒服。

在夏天，洗完澡后，我最喜欢穿一件印度的丝麻衬衣。这件东西又宽又大，又薄又凉，贴着肌肤摩擦的感觉有种说不出的愉快。第一次穿过后，我便向自己发誓，在自由自在的环境下，热天穿的衣服不能超过二两。

见人、做事时，服装并非为了排场。整齐，总是一种礼貌，这是我遵守的。我的西装没有多少套，也不跟随流行，料子倒不能太差，要不然穿几次就不像样，哪里能够一年复一年地穿着？

衬衫、领带的颜色常换，就可以给人一种新鲜的感觉。那几套东西穿来穿去都不会看厌的。

对流行不在意的时候，那么大减价的衣服只要质地好，不妨购买，价钱绝对比时髦的便宜。

不在乎跟不跟得上潮流的时候，买东西便能更客观，更有选择性。

贵一点的领带是因为料子好，而且不是大量生产。便宜的用几次就变成咸菜油炸粿，到头来还是不划算的。那么多花样的领带怎么去挑选呢？答案很简单，一见钟情的就是最理想的。走进领带部门，第一眼就把你打昏的领带千万不要放过。如果一大堆中挑不到一条喜欢的，那么还是省下钱吧。

总之，不管穿西装也好，穿牛仔裤也好，穿自己要穿的，不是穿别人要你穿的。这是人生最低的自由要求。

第五章

学学问问，就学会了

所谓学问，学学问问，就学会了嘛。最怕你不愿去学，不肯去问。

会

“原来你们会看月色，又能预测天气，真是了不起！”知识分子到了田中，感叹农夫们的本事。

老百姓耸耸肩说：“没什么了不起的呀。”

所谓学问，学学问问，就学会了嘛。最怕你不愿去学，不肯去问。

学了问了，就变成知识分子。但是知识分子最大的毛病，莫过于以为自己了不起，学会一样东西，听到一个事件，马上就炫耀出来，大声疾呼：“我会这，我会那。”

真正学会的人，却像农夫一样不出声，耸耸肩说：“没有什么了不起。”

像画画，从素描开始，不停苦练，学会了写实之后，再进入写意，最后完全地抛掉，画出儿童画一样天真的作品。

像写字，从临碑帖开始，勤摹名家，最后创出自己的字体，却要有很深的基础才行。

不单是艺术，做买卖也一样，善于经营的人，都不自叫：

“我会做生意！”

这就像律师说：“我懂法律！”

律师不懂法律，做什么律师？

凡是自吹自擂的人，一定自信心不强。最低能的，莫过于有些医生说：“我医好了某某人。”听到这种话，最好别找他。

也很少听到知识分子说：“我看了这本书，又看了那本书。”只见他们发表文章：攻击这个人，批评那个人。懂一点皮毛，即刻引用。

自以为是知识分子的人，包袱太大，是假的知识分子。如果要批判，只能说出一个观念的正确与否。专门对付一个人，是没有自信心的表现。

“原来你会写文章，真是了不起！”有人向我这么说。

我只是写，每天写，不知道会不会。

最

读者们最喜欢问我的问题，都和“最”字有关。

什么是“最”好吃的？什么是“最”好喝的？哪一家餐厅“最”便宜？你“最”喜欢哪一个作家？为什么“最”喜欢背这个和尚袋？

这个“最”字“最”难回答，因为我的爱好太多，尝过的美味也太杂，很不容易一二三地举出例子，而且对其他的“最”也很不公平。

什么是“最”呢？从比较开始。没有“最”便宜的，就没有“最”贵的了。

通常以价钱来衡量，是“最”俗气的办法，是暴发户的标准罢了。

一只辣椒不会贵到哪去。但什么是“最”辣的辣椒呢？也没有标准，辣味不能用斤来衡量。“最”后，还是用比较了。

把普通的辣，像酿鲮鱼的辣椒的辣味定为零级，一直加重，泰国朝天椒不过是排行第六，“最”后的哈瓦那灯笼椒，才是十。

“味道如何？”女记者问我。

不试过怎么知道？那种辣法根本不能用文字来形容。

我常回答她：“像须后水。”

“须后水？”她大叫，“须后水和辣椒扯得上什么关系？”

“不是须后水和辣椒有什么关系，是和你有没有试过有关系。你们根本没机会剃胡子，怎么知道哪一种须后水最好？”

从一个“最”字，也能看出对方的水平。像我“最”爱看《老夫子》，和我“最”爱看《红楼梦》，就有“最”大的差别。

“最”字和“渐”字一样，是渐进式的，渐渐地，你就知道什么是最好的。这是在不知不觉中得到的成果。

等到你能确定什么是“最”好，你已经是“最”老。

我们这辈子的人

长辈托我买东西，身体不舒服躺在酒店中，任务就交给自告奋勇去代购的年轻人。

“走了好几家店，买不到。”年轻人回来轻松地报告。

“盒子上有没有地址？”是我的第一个反应，但是没作声。

翌日，我牺牲睡眠，叫了辆的士，找了又找，好歹给我找上门。买到了，那种满足感是兴奋的、舒服的，终于没有让长辈失望。

我们这辈子的人，答应过要做的事，总是尽了最后一份力量才放弃。

我并没有责怪年轻人，觉得这是他们的做事态度，是他们的自由，与我们这辈子的人不同罢了。

我这种摇摇头的表情，似曾相识，那是在我父亲的脸上观察到的，当我年轻时。

上一辈子的人总觉得我们做事就是差了那么一丁点儿，书没读好，努力不够，匮乏幻想力，总是不彻底，没有一份坚持。

看到那种表情，我们当年不懂得吗？也不是。你们是你们，我们是我们。我们认为已经过了自己那一关，已经足够了。你们上一辈子的，有点迂腐。

但也有疑问：自己老了之后，做事会不会像老一辈子的人那么顽固？

“那就要看要求我做事的人，值不值得我尊敬？”年轻人最后定下自己的标准。

通常，愈是在身边的人愈不懂得珍惜这种缘分。年轻人对刚认识的人反而更好，舍命陪君子就舍命陪君子吧！

渐渐地，年轻人也变成了一个顽固的老头儿，他有自己的要求，有自己的水平，对比他年轻的人已看不顺眼：“做事怎么可以那么没头没尾呢？我们这辈子的人，不是那样的。”

从来，我们做人，总是忘记自己年轻过。“我们这辈子的人”这句话，才会产生。

投资

“你说投资，”小朋友问，“做什么投资最好？我从来不懂得做生意，怎么开始？”

“古人的话，有他一定的道理。”我说，“不熟不做，要做你认识的。”

“我只懂得我的老本行，最熟了。其他，一点也不懂。”他说。

“那么开始学习呀。”

“学些什么？”

“学你的工作之外，有兴趣的东西。”我说。

“我只对吃东西和睡觉有兴趣。”小朋友笑了。

“对吃有兴趣，可以开小餐厅。对睡觉有兴趣，可以设计枕头。”

“哦。”小朋友说，“我没有想到设计枕头也是一种行业。”

“这行生意可大可小。一般人都对自己的枕头不满，说睡得不好完全因为没有一个好枕头，你能做出一个让他们满意的，一定有人买。”

“但是我只会睡觉，不会设计。”

“所以说要学习呀。”我说，“可以从研究背脊骨的构造开始，再到天下最轻最软的鹅毛是哪一种。内芯是一整块的枕头好，还是分成十个气袋？天然树胶的发热量和人造塑胶的分别如何？枕头盖麻质好过丝绸？应不应该分春夏秋冬不同的四个袋子？用电脑分析头和颈项的角度，行不行得通？抱枕呢？追溯它的历史，叫作竹夫人。从前的抱枕，天气热的时候用竹编成的，你知不知道？有个象牙的抱枕，更凉快，但是现在象牙禁猎，可用什么塑胶来代替？每一种东西都是一门学问。精了，就是专家，写谈论古今枕头的文章，也是乐事。”

我一口气说完。

小朋友“哇”的一声：“除了睡觉和吃饭，我还喜欢做爱。”

我懒洋洋地回他：“去拍小电影，拍得好，也能赚钱。”

记忆力

所有大机构的人事部请人，都只看外表、学历和经验，往往雇不到好职员。为什么？

经验告诉我，记忆力才是最重要的。

请人时，最好先问："你能记得了多少个电话号码？"

如果对方滔滔不绝，把亲朋好友的都说出来，那么这个人你要了错不了。

几乎所有的成功人士，记忆力都是好的。金庸先生、倪匡兄和胡金铨导演，一起谈天，把《水浒传》中的人物一个个数出来。连他们的家仆叫什么，也记得清清楚楚。

试想如果你把看过的书都记得的话，那是多大的一笔财富！

虽然当今有计算机，但这与记忆力无关。记性好的人要有应变力，方不埋没才华。

记忆力强但脑筋死板的话，也做不了大事，不过这些人还是比记性差的人好，至少在理科方面会有更高的成就。

人事部除了问电话号码，还要看对方的眼神。若是灵活，更加得请。不过这些人做不久，绑不住。留下来的话一定爬过你的头，升到经理总裁。要讨他们好，不然被炒鱿鱼。

但一切被命运安排，继承了家庭事业，做各种买卖，数口虽精，遇到社会大气候改变，也会失败。有些用在赌博上，记得对方的每一只牌，人家也怕了你。

当医生和律师，记性好是基本条件；会计部的职员也不能全靠记录；做银行的记错数目，是一件大事。

也有些只对感兴趣的事物有记忆。我这个人，哪里有好餐厅，如数家珍，但一遇到正经事就记不住，像写写文章，只是个三流作者。

时常听到有人抱怨家政助理记性不好，记性好，当什么家政助理呢?

听

“还是温室长出来的水蜜桃好吃。”有些人主观之强，不容其他意见。

如果你说树上熟的更佳，那么这场争论，将是没完没了。何必呢？上帝，原谅他们，因为他们不知道他们在做些什么。他们没有吃过树上熟的水蜜桃。

我们这些惯于旅行的人，一看就知道带进飞机的手提行李是否合规格，但是有些人一定要强辩他们的超大皮包会过关。好，这是你们的事，为什么要好言相劝？

有人说，云丝顿比万宝路香。我总是笑：你抽你的，我抽我的。不然吵了老半天，才发现对方是不会抽香烟的，更把你气死。

经验告诉我，听总比说好。任何事，什么意见，只要不干扰我的生活，我笑着听。

一发表意见，短处缺点一爆无遗。

“还是菲律宾好玩！”他们说。

菲律宾是不错，但你们有没有到过威尼斯？解释水乡的美，是时间的浪费。

“鱼还可以吃生的，猪肉生吃？你不怕肚子生虫？”他们指出。

庞马的生火腿，配上蜜瓜，天下绝品。向他们说，是夏虫曰冰。

最怕听到人说这种化妆品好，另一个说不、不、不，那种更好。两人在争辩的时候，我就走开。

相异的意见可以容忍，但是影响到了自己，另当别论。像大家坐在一辆车上，阿猫说这条路比较近，阿狗说另一条是捷径，但我知道第三条路最直接时，就不能听了。这种情形之下，我一声命令：“走这条！”

不事关重要时，我笑着听，有些人被我笑得心中发毛，大声问道：“你笑什么？”我想骂，但还是依然地笑，一声不出，照听不误。

《天乌乌》

在微博，问的多数关于饮食，也有感情疑难，一一答之。

中间也有一些刁钻的，像有位网友问我："台湾的民谣《天乌乌》，其中说到阿公阿婆在泥中挖掘到的'旋鰡鼓'是什么东西？"

我回答是泥鳅，但为了求证，我还是找到台湾友人。彼方对民谣深有研究，先将原来歌词写下：

"天乌乌，要落雨。阿公仔举锄头要掘芋。

掘啊掘，掘啊掘，掘着一尾旋鰡鼓，咿呀嘿，都真正趣味。

阿公仔要煮咸，阿妈仔要煮淡，两人相打弄破鼎。

咿呀嘿，嘟锒铛锵哨锵，哇哈哈。"

由于台湾四面环海，下雨相当频繁，而且雨中情景格外富有诗意，也是写作的最佳题材。《天乌乌》就是这些描写下雨旋律中最历久不衰的，是首被大家所传唱的名曲。

一般认为，《天乌乌》为台湾北部民谣，其实发源地为细雨不断的金瓜石。而金瓜石是怎样的地方？

原来是一个金矿，早年挖出不少大块金来，后来传说已被挖掘完，荒废了。在日军侵略时，也派大队金石专家研究，结果不了了之。当今，尚有地质学家不断前往探取，*Discovery*（一档探索节目）曾拍过一部有关的纪录片。

歌词中述说阿公阿婆为了泥鳅的煮法，吵个不可开交，表达了农民丰富的想象力，加上乐观、逗趣的情节，令人津津乐道。

乡土民谣专家林福裕先生依据语韵将之编写，并由“幸福合唱团”首演，录成唱片。

香港人的老一辈人或许也记得此曲，因为在二十世纪六十年代，蔡东华先生邀请台湾歌舞团在港表演，所跳的舞大家已无印象，但这首《天乌乌》的旋律十分易记，还有人哼得出来。每逢我看到天快下雨，也必然轻轻唱起：“天乌乌……”

公诸同好

为了争取到更多的网友，有求必应。

像我一向以文字化为形象，不太喜欢摄影，但是他们强烈要求看图片，最后我也学会用照片上网。

程序是这样的：先在“我的首页”上按了有支笔的格子，就会出现“发表新微博”的标题，中间有条黑线，显示一个相机的图案，按了下去，有“用户相册”一行。再按，出现“照片图库”，就可以从手机中已拍的选出一张你想发的照片，点一点，相片缩小，出现在相机格子的右边，这时可以写几个字，再按“发送”，就能传到微博中了。

意想不到的是，一张图片的力量，相当于文字数十倍的功力，一下子上百条微博杀到，纷纷讲出观后感。

这么一来，又增加成千上万的网友。进一步，我把那个停了甚久的“博客”网更新，将专栏上一些受欢迎的文字刊出，在旁边加上和微博连线的方格。一按，又能把那边的网友拉了过来。

微博上发的相片，只能选最新拍的，之前的一些旧照，我在“开心网”又开了一个账号，依样画葫芦，又转到微博来。

不知不觉，我写专栏至今，已有三十年，最初被老作家们笑，说一生写一些，能够集成一本书，就是成绩表，你也只是这块料子。

努力维持写，天天写，连进院开刀也没有停过，集成了一百五十本书。

当然带来不少收入，但是发表欲始终是推动力。

印刷品的辐射，没有电子的厉害，如今有了微博，一下子有了百万网友，的确有点满足感，但网友没有报纸杂志或书籍读者的斯文，总要图片，总要追根问底寻挖你的隐私。我的答案是：“我是一个将欢乐带给大家的人，其他问什么都行，但你不是想把我家里人都公诸同好吧？”

鸡精煲

数十年前，经过观塘的工厂区，总看见一块大招牌，写着“美亚”，不知制造些什么。

后来才晓得这家人卖厨具，在中国、泰国和意大利有多个工厂房。参观之后，对他们有更大的信心，尤其是芭堤雅那家，有几十个足球场那么大，厂房靠海，货物由码头往外地送，是全球最大的厨具生产商之一。

既然大家有机会合作，我便提出要求，请他们制造一个自己要用的煲，又有得玩了。

小时候看妈妈入厨，用个搪瓷的厨具，两个分两层放，外面煲水，内胆用来放肉。买了一只鸡，洗净，去掉皮，斩成大块。在内锅的底部放进一个小碗，底朝上。

肉块铺在碗上，就可以开始炖鸡了。等外层水沸，放入内胆，连续炖四个小时，当然要仔细看着，不让水干掉，这是妈妈的耐心和爱意。

完成后掀开锅盖，一看，所有的鸡块已干如枯木。把鸡块拿出来，见锅底翻盖着的瓷碗，竟然也是枯枯干干，一滴水分也没有。

到哪里去了？一移动，整碗鸡精就露了出来，多么神奇！“美亚”高层，看到了才相信有这么一回事。

这就是蔡家最纯正的鸡精了，和店铺里买的味道有天壤之别，一只大鸡只炖出那么一小碗，补得不能再补。妈妈见我小时身子弱，不断炖给我喝，其他兄弟姐姐都没有，我不好意思，总是拒绝。把鸡精送还给爸妈，我们四个小的，用酱油将鸡块炒了一炒，也吃得津津有味。

可惜这种搪瓷的厨具，外表很容易打碎，瓷片一烂了，里面的铁质就生起锈来。一生锈，便穿洞，妈妈留给我的那个好生保管，才能用上数十年。

当今这种厨具已少见，“美亚”做的这个新的，不锈钢制，盖子为耐用玻璃，外层扩大了，水不容易煲干。前一阵子说现买的鸡精有污染而研制出来，纪念妈妈做的纯正鸡精。

才子

近年来“才女”这个名词被滥用，反而没有听说有什么才子的。

问问老人家如何才有资格做才子，听了不禁冷汗一把。原来要有以下条件：

琴棋书画拳

诗词歌赋文

山医命卜讼

嫖赌酒茶烟

单说琴棋书画拳已是不易，现在的青年能做到的大概只是操纵随身听上的按扣，戴耳机听“琴”。

棋是电子游戏机。

书吗？连求职信抄也抄得不端正。

画，有满书摊的连环画可以欣赏，要不然可看电视播的一休和尚。

拳，有什么比功夫片更好？

诗，以前的小学生在厕所里还可作几句打油诗，现在忘了。

词？电视连续剧的主题曲中不是作得很好吗？歌当然懂啦，大L唱得不错。不过，赋是什么东西？文自己不会写，只要会谈《马经》(一种提供赛马信息的纸质读物)，已经是一大成就。

为什么要会看“山”？哦，原来山是代表风水。风水我相信，小时候听过赖布衣的故事。什么？有一本书叫《本草纲目》？是讲什么的？后来有什么用？伤风感冒喝单眼佬凉茶的茶最灵。不能出人头地是命中注定，给人家看看手相就好，何必自己去学？

卜，最好能预知赛马结果。讼，就是打官司吗？

嫖还不容易？不过发现了医不好的疱疹，心里倒有点负担。麻将是生活的一部分，少不了。酒能享受到法国白兰地，谁够我威？每天早上饮茶，但是不喜欢用茶盅，倒得满桌是水，泡工夫茶的人更是笨蛋。烟吗？抽口云斯顿，分外写意。

才子二字，与我无缘。

和尚诗

和尚诗也不一定是谈和尚，其实有禅味的诗词都应该归于这一类。

关汉卿的小令有："适意行，安心坐，渴时饮，饥时餐，醉时歌，困来时就向莎茵卧。日月长，天地阔，闲快活！"

这种诗词浅易得像说普通对白，不是关汉卿这种高手是写不出的。

苏东坡的绝句，除了那首《庐山烟雨浙江潮》最有禅味之外，脍炙人口的另一首也属于和尚诗："横看成岭侧成峰，远近高低各不同。不识庐山真面目，只缘身在此山中。"

晚唐诗僧齐己的《自遣》写："了然知是梦，既觉更何求？死入孤峰去，灰飞一烬休。云无空碧在，天静月华流。免有诸徒弟，时来吊石头。"

结尾的"石头"，是指盛唐著名禅师石头希迁和尚，死后门人为他建一个塔，时常来凭吊，到底有没有这种必要呢？此诗较为引经据典，但也不难懂。

明朝人都穆的《学诗诗》就易明："学诗浑似学参禅，不悟真乘枉百年。切莫呕心并剔肺，须知妙语出天然。"

又是白居易的禅诗："蜗牛角上争何事，石火光中寄此身。随富随贫且欢乐，不开口笑是痴人。"又有禅味又虚幻的有："花非花，雾非雾。夜半来，天明去。来如春梦几多时，去似朝云无觅处。"

苏曼殊诗："生憎花发柳含烟，东海飘零二十年。忏尽情禅空色相，琵琶湖畔枕经眠。"

司马光笑属下诗："年去年来来去忙，暂偷闲卧老僧床。惊回一觉游仙梦，又逐流莺过短墙。"

说到自然，天然和尚最自然："古寺天寒度一宵，风冷不禁雪飘飘。既无舍利何奇特？且取寺中木佛烧。"

问题问题一箩筐

看新闻，有许多记者发问，虽说只是问三个问题，但内容加了又加，变成七八个问题，不但令回答的人混乱，而且常忘记第一个问题是什么。

我发觉问问题，越精简越好，回答方也不必限定一个人只能问一次，如此回答时更加准确，也不必啰里啰唆。

这种情形更适合英文讲得不好的提问者，简单的一条已听不清楚，还要讲一大堆，更是令人难以回复。回答的人，英语不行的也居多，不如让专讲中文和专讲英文的人分别登场，节省时间甚多。

所有人与人之间的沟通，我最中意用问答的方式来进行，问题愈短愈好，回答也是。这一来，像你发一球，我回一球，抛来抛去，好玩得很。

一般人发问，最喜欢以“其实……”来开头，回答也是。这种开场白最没有用，最多余了。其实些什么？已是其实的，讲来干什么，为什么整天其实来其实去？

所谓学问，就是问了之后学到的，问问题是学习的最佳方法。但是在发问之前，必得想一想，为什么问，问得多会不会出丑？

比方说，问：怎么又多吃又不胖？

多吃就胖，此问题真是多余！

一些经济学家也问得笨，看过他们参观证券交易所，问的竟然是买什么股票一定赚钱。

哈哈哈哈，知道了还在这里打工？早就自己发财去也！发问的人简直是白痴一个。

同样的蠢问题还有：怎么可以防止秃头？

哈哈哈哈，知道的话，早就卖药去也！

"我长得漂亮，怎么没有男朋友？"有些网友问。

发问的人没有头像，我回答："发一张照片看看。"

"我心中漂亮。"对方不敢了，即刻遮丑。

更加愚蠢的还有：怎么发财？怎么不学自会？怎么不劳而获？唉，天下笨人真多，只有叫他们去吃发财药，去喝聪明水。

一点也不经过大脑就发问是最低能的，广东话中有一句说得最恰当，就是"睬你都傻"（意为理你是傻瓜）。

关于婚姻和恋爱，更有傻得厉害的问题。当然，恋爱中人都是傻的。

最多的问题是：我爱他，他不爱我；他爱我，我爱别人，怎么办？

我的回答只有两个字：凉拌。

出现第三者，更是纠缠不清。A君爱B君，B君爱C君，A、B、C君怎么爱？不必问了，把这些问题放在显微镜下，就可以大做文章。

亦舒的小说，都是这样写出来的。她的哥哥倪匡也说过：“我写科幻，天马行空，但也不如我妹妹，来来去去，只有三个人，也可以写那么多本书，也可以写得那么精彩。”

迷惘更是年轻人最爱问的问题，但是迷惘是你的专利吗？凡天下人，年轻时都迷惘过，你是第一个吗？从迷惘中走出来呀，我们都是这么活过来的。

“父母要我结婚，我不想嫁，怎么办？”回答又是“凉拌”。不想嫁就别嫁呀，天下单身而快乐的人那么多，为什么不学习学习？不嫁会死人吗？你的家长又没有用枪指着你，都什么世纪了，还一定要嫁？

“不嫁父母难过呀。”

我一向回答：“父母的话一定要听，但不一定要照做的呀！”

对于未来，年轻人又老觉不安。“昨天考完试，不知及不及格，怎么办？”不及格也已经考了，已经过去了，担心些什么？就算不及格，再考一次就好，担心也没用呀！

“有没有来世呢？”也有很多人问。

我总是回答：“没有死过，不知。”

我一向阻绝微博网友直接问我问题，但每年在农历新年之前，我会开放微博一次，一整个月都允许网友提问。

去年最佳的问题是："你吃狗肉吗？"最佳回复是："什么？你叫我吃史努比？"

今年的是："我整天在女人之中打滚，你猜我做的是什么职业？"最佳回答是："你是夜总会领班。"

自然
療愈法

我不会吃，我只会比较。

大吃大喝，也是对生命的一种尊重

第六章

会吃

“你一生中，吃过最好吃的是什么？”

我常被人家问这些问题。一时，真是想不出是什么。

敷衍又是很行货的答案，我回答：“和好朋友吃的东西，都是最好。”

或者：“妈妈烧的菜，最好。”

“不行，不行。”小朋友又问，“要具体一点，到底是什么？”

想来想去，只有回答是豆芽炒豆卜了。

绝对不是胡说，豆芽炒豆卜的确百食不厌，但是要炒得好也不容易。很多次都吃到水汪汪，或干瘪瘪像老太婆的手指的豆芽。而且，咸淡控制得不好，一点味道也没有。

豆芽炒豆卜，先要将前者的尾部折去才好看，至于豆芽头上那颗豆需保留，否则成为银白白，没有一点绿色，也不美观，后者切成细条或小三角，总之不能整块上。

这道菜是唯一不必用猪油也美味的，在锅中下点玉米油或芥花籽油，花生油可免则免，此油个性太强，时常干扰主人。用橄榄油为上乘，山茶花油更是上上乘。

待油冒烟，把豆芽和豆卜下锅，兜几下，即加鱼露，我们这种未能食素的俗人，还是带点腥气，才够惹味，再炒几下，即能上桌。

我说过，烹调之道，绝非什么高科技，失败一两次，一定成功，所以不要害怕尝试，任何人一学就会。

好吃与否，是相对的，没有尺寸或斤两可以量之。每次试菜，或觉难咽，或感味佳，都是由从前吃过的经验来判断。

初吃鹅肝酱，是便宜货，害我二十年来印象极差，后来到了法国乡下吃到好的，才知天下竟有此等美味。试得多，愈吃愈精。

很多人都说："你真会吃。"

我谦虚地说："我不会吃，我只会比较。"

鲍

这个系列谈中国人认为至高的食材：鲍、参、肚、翅。

都是我个人经验，先由鲍鱼讲起。

家父有位好友叫许统道，是新加坡最早输入洋货食材的商人，任何名牌都由他经手，像白兰氏鸡精、好立克、阿华田等。这一天，妈妈由统道叔店里买回一罐罐头。粉红色底纸的包装，画一个发亮的鲍鱼壳，注册商标是一个水手的舵盘，我们通称为车轮牌。

用的罐头刀，当年还是原始的，铁尖插入罐头，一摇一铲地把铁盖打开。啊，一阵奇妙无比的香味，从此深深烙印在脑中，永久不忘。

鲍鱼肉软熟香甜，是从来未尝过的味道，我向妈妈说：“有这种东西，我可以每天吃。”

“每天吃，就没那么美味了。而且，我们家吃不起。”妈妈摸我的头说。

时光一下子过去，我已到日本留学，爸爸来东京探访，看我每天过吃即食面的苦行僧生活，心有不忍，带我到乡下旅行，泡完温泉后，叫了一客鲍鱼刺身。

香味比罐头的浓，用筷子一夹，把一块黏黏的鲍鱼吃进口，发觉肉很硬。当年还年轻，牙力好，劲嚼之下，流出甜液，鲍鱼生吃，原来也是那么好的。

来到香港，替邵氏打工，结识友人不少，其中有个泰国华侨，富商子弟，又娶了泰籍将军之女，有钱有势，到香港一定要去福临门，叫的是两头干鲍。

两手合掌那么大的一个鲍，红烧之后，当然是溏心的，当年该店厨艺一流，不惜工本炮制，来让花钱面不改色的客人享受。我吃了，觉得味道不错罢了，印象不如车轮牌和鲍鱼刺身那么深刻。

多次之后，我都不想吃了，嫌吞下一个，肚子已饱，别的东西塞不进口。记得曾经带从台湾来的女演员萧瑶同往，她未吃之前已听说两头鲍有多贵是多贵，一连叫了两个，友人劝我也来一点，勉强吃了半个，问萧瑶说："剩下半个你吃得下吗？"

她面不改色，把半个吞入口。连吃两个半两头鲍，实在厉害。这已是数十年前的事，如今萧瑶的女儿已出来当明星，演过一部西片，至于萧瑶本人，自从她在李翰祥的《倾国倾城》出演以来，就没机会见到了。

两头鲍亦不复往矣，当今只在拍卖行中偶尔出现。餐厅吃到的，是十几个头，二十多个头的了，寒酸得很，我已经不去碰它。

干鲍，演变成世界上最贵的食材之一，有钱也买不到两头的。生产地在日本，日本种的鲍鱼有黑鲍、雌贝鲍、虾夷鲍、眼高鲍之种种区别，有种叫床伏（Tokobushi）的为小型鲍鱼，根本不入流了。

香港人吃的鲍鱼，多数是青森一带寒冷的海域中生长。我也去干鲍胜地参观过，先由海女潜进深渊中获取，挖出肉，去掉肠，就拿去大锅中煮了。煮的过程是家传秘密，不让我们中国人看，怕我们学去。其实怎么学也没用，我们不原产这一类的鲍鱼，次货制造的拥有秘诀也做不出好的干鲍来。

煮过的鲍鱼就要拿去生晒了，生晒时用绳子捆起来。所以名产地的干鲍有一道绳子痕。我们懂得它好吃，海鸥和乌鸦更清楚，所以经常被鸟儿衔走。干鲍卖得那么贵，是连被偷吃掉的成本也算了进去的。

在南非也见过有钱的华商生产。南非鲍肉质劣，香味不足，制造过程已由日晒改为机器烘干，更无法和日本干鲍相比。可怜的是，日本干鲍连日本人也吃不起，我曾问制造的工人有没有吃过，他们都摇头。莫说非洲人了，他们只是眼巴巴地看罢了。其实澳洲人和非洲人一样，生产鲍鱼的澳洲人，有些土得以为鲍鱼不是人吃的。

干鲍也许大家都试过，日本的“第一神馔”熨斗鲍，吃过的人就不多。日本人也懂得鲍鱼是好的。秦始皇来东瀛找长生不老的药，鲍鱼是选择之一。从此在历史上占有一席很重要的位子，只有皇帝和贵族们能尝到。在伊势神宫中还有人会做，鸟羽市国崎町的神宫也有所谓的“御料鳆调整所”。依奈良时代传下来的制法，是把鲍鱼煮熟后用利刀削成薄片，连绵不断地把整只大鲍鱼割成又薄又长的带子，有如用熨斗熨出来的纸条那么扁平，故称之为熨斗鲍（Noshi-Awabe），遇到庆典，才再煮熟还原。我试过，味道甚劣，让他们的天皇吃吧。

一生尝到最好吃的鲍鱼，是在韩国济州岛。两个海女跳入海捞起的大如半个沙田柚，挖出肉，铁棒敲烂，用铁叉串起在炭上烤熟，淋酱油，是天下美味。

鲍鱼好吃，其肠更佳，带点苦，但香浓无比，口感似丝绸，香味连绵不绝地留在口中，但多数人怕它又绿又油的样子，不敢吃，实在可惜。

数十年后重游济州岛，海女已老，烤敲烂鲍鱼的烧法不复存在，鲍鱼大餐还是有的，煎、煮、炒、烤、蒸、炖，一道又一道。最后有鲍鱼粥，一大锅煮得香喷喷，肚子再饱，也可连吞三大碗。

韩国鲍鱼还是盛产，价便宜，但多养殖，野生的要卖得贵出十倍来。济州岛上有家最好吃的海鲜店，主人问我吃鲍鱼刺身的话，怎么做最好？我走进厨房，把鲍鱼连壳的顶部切成薄片，此部分最为柔软，然后取出肠来，挤汁淋在鲍鱼肉上。吃完鲍鱼，倒烫热的汤酒在剩余的汁中，饮之。主人见状大喜，走过来拥抱我，叫一声哥哥。

至今，还是觉得车轮牌鲍鱼好吃，煮熟的，在韩国吃人参鸡，把一头大野生鲍鱼塞入鸡肚清炖之，也是最高境界的吃法，干鲍可以走开一边了。

参

谈起海参，就想到小时候在南洋遇见内地来的大师傅，他一身白色的长衫，做起菜来也不用围巾，但衣服一滴油也不沾。

跟他去买菜，他嫌所有食材都不够水平，只是海参勉强及格，买了一些，走进厨房，就烧了一桌十二个菜，都是海参做的。最后的甜品，用了刺参，浸泡后横切薄片，加姜和冰糖清炖出来，食者无不赞绝。

所以海参的做法并不只是红烧那么简单，可以千变万化，但中国人从来没有想到去吃生的。

日本和韩国人都有吃海参刺身的习惯，那么蠕蠕黏黏的东西，可以生吃吗？我起初也在怀疑，日厨板前样就那么从水箱里捞出来，用清水冲个干净，从头到尾切了一刀，取出内脏，再冲洗后切成薄片上桌。

一嚼之下，发现很硬，牙力不好的人咬不动。口感滑潺潺，虽然点了酱油，又加了一点山葵，还是有一阵腥味，这样的东西，怎么吃？

经过多次，就习惯了。生吃海参并非什么稀奇的一回事，但谈得上是美味吗？不见得。

到了居酒屋，最常吃的不是海参刺身，反而是海参的肠。海参肠用盐渍起来，叫 Konowata，因为海参日本人称为真海鼠 Namako，而肠是 Wata，海参肠就变为 Konowata 了。

第一次尝试，你会发现它的口感和味道都比海参刺身更为恐怖，简直是难以接受。为什么有这么古怪的食物出现呢？完全是因为穷困。人一穷起来就往这些要扔弃的东西上动脑筋，总之用大量的盐腌制，愈咸愈好，就能送饭了，而单单是盐太单调，用这种带腥味的食材最佳。

很奇怪的，富贵人家吃鲍参翅肚多了不想吃，而对这些穷人东西却是百食不厌的。习惯了海参肠的味道，一喝酒就想起，所以日本人替它取了一个可爱的名字，叫酒盗（Shyuto），有了它非偷酒喝不可。

装进玻璃瓶的酒盗，各处的日本食物店都能买得到。有种食法，大家不妨一试，那就是用法国的羊酪软芝士，软得像忌廉的那种，加了海参肠来吃。你会发现二者配合得天衣无缝，这时不是偷酒，而要抢酒了。

海参的生殖腺也可以吃，日本的三大珍品为：腌制海胆、乌鱼子和拨子。拨子（Bachiko）是一块骨制的敲打器，手抓来弹三味弦。把海参的生殖腺一条条拼起来，头大尾细，晒干了的样子像拨子，就此为名。

一小片拨子，花那么多功夫制作，要卖到一百多港币。拿到炭上一烤，膨胀起来，撕成一条条送进口，有点像鱿鱼丝，但比鱿鱼丝的味道纤细百倍，好吃得很。在宫城县金华山沿岸盛产一种叫金海鼠的海参，就是因为它的生殖腺金黄色，珍贵得像海底的金沙而命名。

海参的内脏，除了肠和生殖腺之外，还有肺。前二者中国人不吃，海参肺不知道是哪一个食家发现，输入到香港，美名为桂花蚌，其实与蚌类一点关系也没有。但西班牙人早就会吃，用一个陶碗，橄榄油爆香大蒜，烧得最热的时候放进海参肺，兜两下就能上桌，爽脆香甜，鲜得不得了。

桂花蚌的吃法多数是用 XO酱炒西芹。有时油爆或椒盐，所谓油爆椒盐，都不过是油炸后蘸了点盐，最没有文化了。

到山东，就知道海参在食材上占很重要的地位。大型超市和菜市场中卖的干海参种类极多，当然也有已经发好的，一般家庭都买后者来烹调，但是大师傅做菜，一定要自己浸发才行。我看过上述那些大师傅的做法：

把干海参放在炭上烘焙，洗净后从火炉拿出柴灰，大力揉之。

“为什么？”我问，“用灰洗更干净吗？”

“这么一来海参更容易膨胀。”大师傅回答，“如果没有柴灰，用粉也行。”

揉灰后又洗濯，用温水泡个三小时。取出再洗，放进锅煮三个多钟头，海参已开始发胀。

取出海参又烧，用刀仔细刮干净海参肚内的杂质。这时，拍碎大块的姜，和海参又煮三个小时，软透了取出，才是最初步的准备。麻烦之至，看到咋舌。

海参种类之中，白的较贱，又称为玉参和海茄子，黑白相间的好一点，乌参和带刺的刺参才是珍品。广东人做的大多数是红烧大婆参，里面酿了肉。

那天那位大师傅做出的有虾子大乌参、酸辣海参、大烩海参、海参扒鸭、红烧海参、三鲜烩海参和什锦烩参丁，等等。

“海参本身无味，一定要靠别的东西来煨，就算是煎炒，也要煨好才不会味淡。我教你一道最基本的爆海参。”大师傅说。

用大量的猪油，把切成手指般长短的葱段爆至金黄，略焦亦无妨。这时把用猪肉、火腿、乌鸡、猪皮猪骨熬出的上汤煨好的海参加入，兜两下再加上汤，煮至汤汁已少，再加酒、酱油、盐和糖，大功告成。

“不用勾芡吗？”我问。

“海参已有胶质，还要勾芡的师傅，是九流的。”到了今天，我还能看到他的笑容。

翅

到了出名的海鲜餐厅，侍者总先问一句：“要不要来碗翅？”

要是客人点头，这下可好，付账时一定是高价。客人不要，侍者一脸无奈，好像在说这个月的薪水不知道老板发不发。真是件讨厌的事。

到底是真的那么好吃吗？未必吧。这种一点味道也没有的东西，全靠其他食材来煨。口感倒是新奇，不算爽脆，也不黏，是其他食物中找不到的。

谁发明吃鱼翅的呢？有的人真刁钻，把鲨鱼的鳍也拿来当食材，从此引起一阵大灾难，已有好些鲨鱼品种被吃得灭绝。

我第一次接触到的翅，不是真翅，而是妈妈用粉丝和蛋炒出来的假东西，但味道奇佳，至今念念不忘。如果从二者选择，我还是要粉丝翅多过鱼翅。

出社会工作，开始被人家请客，尝到各种煮法的鱼翅，后来经过经济起飞年代，每一次宴会都有鱼翅出现，早餐、午餐的鱼翅捞饭更是变本加厉，很对不起鲨鱼。

所以偶尔听到有鲨鱼咬人的消息，我决不痛恨它们，觉得甚为公平，《大白鲨》那部戏，应该得到奥斯卡最佳男主角金像奖的是鲨鱼。

闲话少说，我是潮州人，当然对潮州翅情有独钟，认为所有翅之中，潮州的红烧翅最好吃。用老母鸡、火腿、猪脚熬至浓汁来煮，最后下锅还要加猪油，那阵油滑的口感，是吃翅的最高境界。当今潮州餐厅的红烧翅都不用猪油了，味道大逊，不如吃菜胆肘子去，翅本身没什么好吃可言，至少有火腿啃啃，尤其是吃肥的那个部分。

如果不在餐厅吃，家里做翅的话，最好到相熟的海味铺买发好的，准备过程极为繁复，不是靠它做生意就可免则免了。最高级的群翅，煲了起来，要三回：

第一次煲定要在沸水中浸，等滚水略冻，取出除沙，再放入冷水中漂三四个小时，然后一排排地放在竹笪上，一层一笪互压。放入瓦煲，文火煲三四个小时取出浸清水拆骨头，再浸。

第二次煲同样三四个小时，这回浸水时间要长了，起码过夜，直到所有杂质完全去净为止。

第三次煲又是四个小时，不同的是煲了两个小时后要换水，再煲两个小时，这时鱼翅中的异味才完全消失。

煲了三次，便进入二次煨的阶段：

第一次煨用姜片，夹在翅内，同样一笪笪重叠，清水滚十五分钟换水一次，去掉姜片。

第二次煨，烧热锅，下大量猪油、绍酒和上汤，浸翅过面，滚个十五分钟。

别以为就那么大功告成，还要一道烤翅工作。

用半肥瘦猪肉、老母鸡，飞水后备用，火腿骨和猪皮也要先滚它一滚，再洗净，这时用一个大瓦煲，把以上材料放在下面，再加一层层的翅笪，最后用重物压在上面，才可以加上汤以文火来烤。三四个小时后汤收干，一排排的翅便能取出。加马蹄粉，秘诀在最后又渗几匙鸡油，淋在排翅上面，最后上桌。

这是古法，当今在香港的一般餐厅，或是到了曼谷的鱼翅专门店，也可以看到一笪笪的排翅，那大多数是用真空煲发出来。烤翅的过程我也亲眼见过，是用太白粉勾了蚝油当芡，淋上去就是，有了蚝油便有点甜味罢了，而甜味当然是来自味精，相当恐怖。

没排翅吃，要吃杂翅的话，不如别试了。而且群翅有金沙、西沙、珍珠、毛、黄胶、棉、软沙群翅等之分，黄沙群翅最好，黄胶最差，当今看到海味店中的干货，有些所谓的金山勾翅和海虎翅，巨大得很，那不过是陈列品，已成为枯骨，不可食之。更下流的，是卖最不像翅，豆腐鲨的鳍部晒出来的东西，我在台湾海味店就见过此物，大为摇头。

北方馆子中吃到的翅，菜式种类不多，内陆并不靠海，搞不出花样。北京菜多为山东菜，而山东人做得最拿手的是鸡煲翅。用火腿和老鸡熬成的浓汤，可以挂在锅壁上，汤比翅好吃，尤其是用馒头蘸来吃，馒头比汤好吃。

至于在澳门吃到的鸡煲翅，价钱虽然便宜，但不用电影中露出水面吓人的那个部分，只用肚皮下的那两片和尾巴罢了，根本称不上是翅。如果要吃这些杂物，我认为应该用连在鱼身上的翅头。广东人美名为唇，与唇无关，翅头的口感甚佳，咬起来有啖啖是肉的感觉，身价甚贱，卖不起钱，但我最爱吃。

鱼翅还可以用蟹皇来煮，杭州菜中的大闸蟹蟹黄翅固佳，但比不上黄油蟹的蟹皇翅，竹荪瑶柱蟹肉翅也不错。最好吃应该是用最便宜的食材鸡蛋，来炒最贵的翅了，但是，如果你爱吃这道菜，就不如去吃粉丝炒蛋。至少，粉丝比鱼翅更能吸味，也很环保。

说到环保，正如环保人士的广告上叫明星们现身说法："当你不买的时候，杀戮便停止了。"

怪的当然是我们。不如这样吧，我们停止十年，十年总可忍吧？十年之后，鲨鱼泛滥成灾，吃掉所有小鱼，到那时候我们再屠宰，这些人都感激你。

肚

鲍参翅肚，这个叫惯的顺序，我常读成鲍参肚翅，因为翅实在是这四种东西中最不好吃的，肚之所以排在最后，是古人认为最便宜。

当今不然。肚，人称的花胶，好的价钱不菲，如果能找到一块年久的金钱，至少要卖到数万至数十万港币。就算是便宜一点的花胶，也要万多块一斤，比起三四十头的干鲍，绝不便宜。

叫作肚，是不是鱼肚？不，是鱼的鳔，鱼儿们要靠这个呼吸器官主宰沉浮。没见过吗？到菜市场去，找到一家卖淡水鱼的档口，可以看到一个个的白色泡泡，这就是鲩鱼鳔，所谓的肚了。

粤语称此为“卜”，如果你到“生记”去吃粥，叫一碗鱼片和鱼卜，粥上桌后，吃了一口鱼卜，发现满口胶质。这是肚中最便宜的，但并不常有，一尾鱼只有一个卜嘛。

最贵的，在湄公河生产，有种巨大的鱼，人那么高，肚后挖出来的卜，晒干了，就成为鱼鳔。而鱼鳔有雌雄之分，母的比公的便宜一半，要分辨何种是雄、何种是雌并不难：母鱼鳔整个厚薄均一；公的不同，中间特别厚，愈靠近边愈薄，而且中央有两条显著的长坑纹，一下子就看得出来。

如果鱼肚愈大愈值钱的话，那么找鲸鱼或大白鲨不就行吗？不。首先，海水浮力强，一般的海鱼是没有鳔的，而河中的大鱼，除了湄公河之外，还可以在巴基斯坦的淡水湖中找到。至于其他河流中的淡水鱼是否可以取来晒花胶？原则是行的，只是少有人去发现罢了。

一般人能够接触到的肚，多数在吃喜酒时，出现的一道叫花胶鹅掌的。这道菜有时还配以花菇和芥菜，通常在最后淋上一层很厚的芡粉，实在乏味。

主人家肯不肯花钱，看这道菜即知，贵的花胶很厚，便宜的薄如纸。

最初试到，好吃吗？也不尽然。花胶本身无味，要靠其他材料来煨。仔细嚼之，除了那种黏糊糊的口感之外，还带有古怪的腥味，这就是吃到贱价的了，印象即坏。上等花胶并没有这个毛病，但也非天下美味，有如牛筋、猪筋罢了。

在被认为是鲍参翅肚中最便宜的花胶，还有人假冒呢。很多带鱼肚为名的菜，其实是把猪皮晒干之后再炸出来的，吃坏人是不会的，做得好还是美味呢。干脆来个赛花胶的名字，像赛螃蟹一样，就没那么鬼鬼祟祟了。

昔时，花胶是上不了大堂的，陈荣先生于二十世纪五六十年代在他那本《入厨三十年》里，什么食材都论尽了，谈到花胶只在一两篇文章中略略带过：“在香港要吃桂花鱼肚这个菜是很划算的，因为香港海味售价比任何地方都便宜，尤以鱼肚价钱低贱，故酒楼饭店出售这个菜式视为最普通品。”

桂花鱼肚的做法如下：先将鱼肚浸两三个小时，浸后置锅里滚片刻，取出清水冲之；揉干油腻，剁成粒形，如花生米大小备用。

鸡蛋只取蛋清，加少许上汤，用筷子打烂备用。

烧热锅，放下滚水，加姜汁和酒，下鱼肚煨之。取出鱼肚，置于疏壳或筲箕之中，将水沥干。

锅中加猪油，上汤，滚一滚，又放回筲箕中，沥干水分。这时可以正式煮了，先放猪油于锅中，香了放上汤来煮鱼肚，待汤徐徐滚时，推马蹄粉当芡，不要太浓亦不可太稀。未滚之前把锅从大火中拿开，才把蛋白慢慢地放下，兜几兜，即成。一道那么简单的菜，从前的师傅是不厌其烦地做好它。

花胶的泡发过程亦繁复，最好在相熟的海味店中买现成发好的，如果有人送你一块上等鱼鳔，要自己发的话，方法如下：

用大量清水浸六个小时以上，浸过夜亦行。洗净，滚水一大锅，放入花胶，水再沸时熄火，浸六个小时。

倒掉水，不停冲洗，又重复以上程序三四次，如果发现花胶还是很硬的话，再滚一次，最后用刀切成方块或长条备用。如果一星期内吃，放入冰箱即可，要放久的话，可要置于冰格中。

一般人也喜用花胶来炖汤，加老鸡、赤肉和火腿，再豪华可加冬虫夏草。很薄的花胶则用来炒，像黄耳香芹和杭仁炒花胶，是道上等的菜。

当作甜品亦无不可，桂花糖、百合炖花胶很清香可口，但花胶一定要发得一点腥味也没有，担心的话，用姜汁和酒来辟味。

很独特的是潮州人的老家庭，在厨房或天井梁上挂几个金钱，通常被烟熏得发黑，又布满灰尘。

那么恐怖的东西用来做什么？说了你不相信，如果家人患了严重的胃病，像胃溃疡等，把那金钱取下来，洗个干净，照上述的方法发之，再拿去清炖，就那么喝下去，胃病即刻医好，手术也不用动了。

我家也有一个，至少五十年了，后来一位朋友因为胃病要进医院，我叫父母寄来送给她吃，果然医好。有些人听到这件事，说已经卖得比金子还贵，送人不感可惜？留自己用多好！

呸、呸、呸！至今还是铁胃一个，吃什么都没有毛病，留来干什么？

赞美骨髓

小时候吃海南鸡饭，一碟之中，最好吃的部分并非鸡腿，而是斩断了骨头中的骨髓，颜色鲜红，吸啜之下，一小股美味的肥膏入口，仙人食物也。

当今叫海南鸡饭，皆是去骨的。无他，骨髓已变得漆黑，别说胆固醇了，颜色已让人反胃。现宰杀的鸡，和雪藏的，最大的不同就是骨髓变黑，一看就分辨出来。

骨髓的营养，包括了肥油、铁、磷和维生素A，还有微量的 Thiamin（硫胺素）和 Niacin（烟酸），都是对人体有益的。在早年，一剂最古老的英国药方，是用骨髓加了番红花打匀，直到像牛油那样澄黄，给营养不良的小孩吃。

在当今营养过剩的年代，一听到骨髓，就大叫胆固醇！没人敢去碰。好在有这些人，肉贩都把骨头和骨髓免费赠送，让老饕得益。

凡是熬汤，少了骨头就不那么甜，味精除了用海藻制造之外，就是由骨头提炼出来的。

有次去匈牙利，喝到最鲜美的汤，用大量的牛腿骨和肉煮出。肉剁成丸，加了椰菜。以两个碟子上桌，一碟肉丸和蔬菜，一碟全是骨头。

有七八根左右吧，抓起一根就那么吸，满嘴的骨髓。一连多根骨，吃个过瘾，怕什么胆固醇？

有些在骨头深处的吸不出，餐厅供应了一个特制的银匙，可以仔细挖出。这种匙子分长短两个，配合骨头的长度，做得非常精美，可在古董店买到。当今已变成收藏品，有拍卖价值。

英国名店ST. JOHN的招牌菜，也就是烤骨髓（Roasted Bone Marrow）。做法是这样的：先把牛大腿骨斩断，用水泡个十二至二十四个小时，加盐，每回换水四至六次，令血液完全清除。

烤炉调到230度，把骨头水分烤干，打直排在碟中，再烤个十五至二十五分钟，即成。

起初炮制，也许会弄到骨髓完全跑掉，全碟是油，但做几次就上手。再怕做不好，入烤箱之前用面包糠把骨管塞住，骨髓便不会流出来。

如果没有烤箱，另一种做法是用滚水炮制，煮个十五分钟即成，但较容易失败。

骨髓太腻，要用西洋芫荽中和。芫荽沙律是用扁叶芫荽，加芹菜、西洋小红葱，淋橄榄油、撒海盐和胡椒拌成，做法甚简单。

把骨髓挖出来，和沙律一起吃，或者涂在烤面包上面，但建议就那么吞进肚中，除了盐，什么都不加。

在法国普罗旺斯吃牛扒，也不像美国人那么没有文化，他们的牛扒薄薄一片，淋上各种酱汁。牛扒旁边有烤热的骨髓，吃一口肉，一口骨髓，才没那么单调。

意大利的名菜叫Osso Buco（炖小牛膝），前者是“骨”，后者是“洞”的意思。一定带有骨髓，最经典的是用茴香叶和血橙酱来炮制，叫Fennel& Blood Orange Sauce（茴香血橙酱）。

制法是先把小牛的大腿斩下最肥大的那块来，用绳子绑住，加茴香叶和刨下橙皮，放进烤箱烤四十五分钟，如果怕骨髓流走，可以在骨头下部塞一点剁碎的茴香叶。

羊的骨髓，味道更为纤细，带着羊肉独特的香气。最好是取羊颈。羊颈斩成八块，加洋葱、椰菜或其他香草，撒上海盐，烤也行，焗也行，羊颈肉最柔软，吸骨髓更是一绝。

一样用羊颈，加上盐渍的小江鱼（Ahchovies）来炮制，更是惹味。和中国人的概念：“羊”加“鱼”得一个“鲜”，是异曲同工的。

印度人做的羊骨髓，是把整条羊腿熬了汤，用刀把肉刮下，剩下的骨头和骨边的肉拿去炒咖喱。咖喱是红色的，吸啜骨髓时吮得嘴边通红，像个吸血鬼。这种煮法在印度已难找，新加坡卖羊肉汤的小贩会做给你吃。

猪骨髓也好吃，但没有猪脑那么美味。点心之中，有牛骨髓或猪骨髓的做法，用豆豉蒸熟来吃，但总不及猪骨汤的。把骨头熬成浓汤，最后用吸管吸出脊椎骨中的髓。

鱼头中的鱼云和那啫喱状的部分，都应该属于骨髓的一部分，洋人都不懂其味，整个鱼头扔之。鱼死了不会摇头，但我们看到摇个不已。

大鱼，如金枪，骨髓就很多，日本人不欣赏，台湾南部的东巷地方，餐厅里有一道鱼骨髓汤，是用当归炖出来，嚼脊椎旁的软骨，吸骨中的髓，美味非凡。

家中请客时，饭前的下酒菜，若用橄榄、薯仔片或花生，就非常单调，没有什么想象力。

有什么比烤骨髓送酒更好的？做法很简单，到你相熟的冻肉店，把所有的牛腿骨都买下，只用关节处的头尾，一根骨锯两端，像两个杯子，关节处的骨头变成了杯底。这一来，骨髓一定不会流走，把骨杯整齐地排列在大碟中，撒上海盐，放进微波炉叮一叮。最多三至五分钟，一定焗得熟透。拿出来用古董银匙奉客，大家都会赞美你是一个一流的主人。

老了吃河鱼

到了珠江三角洲，大吃河鲜，发现一尾最普通的鲶鱼，肥美起来，肚腩部分全是肥膏，这时吃鱼的兴趣又生，开始欣赏起来。

野生的当然最好，就算饲养的，河鱼的肉质和味道也相差不大，尤其看到养得肥大的鲫鱼，用沪人的葱爆做法，连肚中大量的鱼春一起吃，不亦乐乎。

就算鲤鱼也妙，姜葱焗鲤是广东人的拿手好戏。在吃鲤鱼著名的肇庆吃过一道，把糯米饭做熟了，鲤鱼和它的大量精子铺在饭上，和腊肠一起蒸出来，实在是人间美味。

讲到吃河鲜，顺德人称第二，没人敢叫第一，他们的煎酿土鲮鱼百食不厌。巧手的大厨把骨头那么多的鲮鱼起了骨，剩下皮和肉，再酿入腊肉、冬菇、瑶柱、芫荽、葱、陈皮、鸡蛋、马蹄和剁烂的鲮鱼肉，慢火煎之，浇两次酒，翻转两次，煎至金黄。

顺德师傅刀功更是一流，将一尾鲫鱼的骨头全部切断，就那么以粥水灼之，那碗鲫鱼粥，是最佳的早餐。

从广东的河鱼想到洞庭湖的鱼头，吃过一个有篮球那么大的，用五种剁椒来蒸，吃完面颊上的肉再吸噬鱼头中的脑和软膏，又香甜又刺激。

对河鲜大有好感，重新估价，和倪匡兄到马来西亚时，吃尽当地野生河鱼，那是在森林里的清澈河中长大的，只有原住民可以捕捉，自己吃不完，就拿出来找华人买，价高者得。

各种河鱼，卖得最贵的是一种叫忘不了的，一公斤一千马币，合两千港元。接下来有彭亨苏丹鱼、红吉罗、独目鲤、丁加兰、吉利、笋壳和八丁。

一种像龙吐珠的，据说可以从河中跃起，吃垂下树枝上的水果，叫水马骝，味道鲜美无比。

就算最便宜的八丁，样似鲥鱼，也和鲥鱼一样香美。不同的是，全身只有一条脊骨，让倪匡兄吃得乐不可支，大叫“活了七十年，此鱼最美”。

河鱼也好，海鲜也好，老来已吃得不多，既上桌，也留着给未尝过的人欣赏，或与好友分享。

自己在家里拿一碗白饭，用筷子挖一个洞，把细小的白饭鱼干放入，再加些青葱，把饭盖好，焗它一焗，最后淋点酱油，就是一餐。有如老道人进餐的情景，这也许是吃鱼的最高境界吧。

一个完美的蛋

我这一生之中，最爱吃的，除了豆芽之外，就是蛋了。一直在追求一个完美的蛋。

但是，我却怕蛋黄。这有原因，小时生日，妈妈烚熟了一个鸡蛋，用红纸浸了水把外壳染红，是祝贺的传统。当年有一个蛋吃，已是最高享受。我吃了蛋白，刚要吃蛋黄时，警报响起，日本人来轰炸，双亲急拉我去防空壕，我不舍得丢下那颗蛋黄，一手抓来吞进喉咙，噎住了，差点呛死，所以长大后看到蛋黄，害怕。

只要不见原形便不要紧，打烂的蛋黄，我一点也不介意，照食之，像炒蛋。说到炒蛋，我们蔡家的做法如下：

用一个大铁锅，下油，等到油热得生烟，就把打好的蛋倒进去。事前打蛋时已加了胡椒粉，在炒的时候已没有时间撒了。鸡蛋一下油锅，即搅之，滴几滴鱼露，就要把整个锅提高，离开火焰，不然即老。不必怕蛋还未炒熟，因为铁锅的余热会完成这件工作，这时炒熟的蛋，香味喷出，不必加其他配料。

蔡家蛋粥也不赖，先滚了水，撒下一把洗净的虾米熬个汤底，然后将一碗冷饭放下去煮，这时加配料，如鱼片、培根片、猪肉片。猪颈肉丝代之亦可，或者冰箱里有什么是什么。将芥蓝切丝，丢入粥中，最后加三个蛋，搅成糊状，即成。上桌前滴鱼露、撒胡椒、添天津冬菜，最后加炸香的干红葱片或干蒜蓉。

有时煎一个简单的荷包蛋，也见功力。和成龙一块儿在西班牙拍戏时，他说他会煎蛋。下油之后，即刻放蛋，马上知道他做的一定不好吃。油未热就下蛋，蛋白一定又硬又老。

煎荷包蛋，功夫愈细愈好。泰国街边小贩用炭炉慢慢煎，煎得蛋白四周围起带焦的小泡，最香了。生活节奏快的都市，都做不到。香港有家叫“三元楼”的，自己农场养鸡生蛋，专选双仁的大蛋来煎，也没什么特别。

成龙的父亲做的茶叶蛋是一流的，他一煮一大锅，至少有四五十颗，才够我们一群饿鬼吃。茶叶、香料都下得足，酒是用 X.O 白兰地。我学了他那一套，到非洲拍饮食电视节目时，当场表演，用的是巨大的鸵鸟蛋，敲碎的蛋壳形成的花纹，像一个花瓶。

到外国旅行，酒店的早餐也少不了蛋，但是多数是无味的。饲养鸡，本来一天生一个蛋，但急功近利，把鸡也给骗了。开了灯当白天，关了当晚上，六小时各一次，一天当两天，让鸡生两次。你说怎会好吃？不管他们的炒蛋或者煎蛋，味道都淡得出奇。解决办法，唯有自备一包小酱油，吃外卖寿司配上的那一种，滴上几滴，尚能入喉。更好的，是带一小瓶的生抽，台湾制造的民生牌壶底油精为上选，它带甜味，任何劣等鸡蛋都能变成绝顶美食。

走地鸡的新鲜鸡蛋已罕见，小时听到鸡咯咯一叫，妈妈就把蛋拾起来送到我手中，摸起来还是温暖的，敲一个小洞吸噬之。现在想起，那股味道有点恐怖，当年怎么吃得那么津津有味？因为穷吧。穷也有穷的乐趣。热腾腾的白饭，淋上猪油，打一个生鸡蛋，也是绝品。但当今生鸡蛋不知有没有细菌，看日本人早餐时还是用这种吃法，有点心寒。

鹌鹑蛋虽说胆固醇最高，也好吃，香港陆羽茶楼做的点心鹌鹑蛋烧卖，很美味。鸽子蛋煮熟之后蛋白呈半透明，味道也特别好。

由鸭蛋变化出来的咸蛋，要吃就吃蛋黄流出油的那种。我虽然不喜蛋黄，但咸蛋的能接受。放进月饼里，又甜又咸，很受不了，留给别人吃吧。

至于皮蛋，则非溏心不可。香港镛记的皮蛋，个个溏心，配上甜酸姜片，一流也。

上海人吃熏蛋，蛋白硬，蛋黄还是流质。我不太爱吃，只取蛋白时，蛋黄黏住，感觉不好。

台湾人的铁蛋，让年轻人去吃，我咬不动。不过他们做的卤蛋简直是绝了。吃卤肉饭、担仔面时没有那半边卤蛋，逊色得多。

鱼翅不稀奇，桂花翅倒是百食不厌，无他，有鸡蛋嘛。炒桂花翅却不如吃假翅的粉丝。

蔡家桂花翅的秘方是把豆芽浸在盐水里，要浸个半小时以上。下猪油，炒豆芽，兜两下，只有五成熟就要离锅。这时把拆好的螃蟹肉、发过的江瑶柱和粉丝炒一炒，打鸡蛋进去，淋上酒、鱼露，再倒入芽菜，即上桌，又是一道好菜，但并非完美。

去法国南部里昂，找到法国当代最著名的厨师保罗·鲍古斯，要他表演烧菜拍电视。他已七老八十，久未下厨，向我说："看老友份上，今天破例。好吧，你要我煮什么？"

"替我弄一个完美的蛋。"我说。

保罗抓抓头皮："从来没有人这么要求过我。"

说完，他在架子上拿了一个平底的瓷碟，不大，放咖啡杯的那种。滴上几滴橄榄油，用一个铁夹子夹碟，放在火炉上烤，等油热了才下蛋，这一点中西一样。打开蛋壳，分蛋黄和蛋白，蛋黄先下入碟中，略熟，再下蛋白。撒点盐，撒点西洋芫荽碎，把碟子从火炉中拿开，即成。

保罗解释："蛋黄难熟，蛋白易熟，看熟到什么程度，就可以离火了。鸡蛋生熟的喜好，世界上每一个人都不同，只有用这个方法，才能弄出你心目中最完美的蛋。"

逐臭之夫

“逐臭之夫”字典上说“犹言不学好下向之徒”，这与我们要讲的无关，接着解“喻嗜好怪癖异于常人”，就是此篇文章的主旨。

你认为是臭的，我觉得很香。洋人亦言：“一个人的美食，是另一个人的毒药。”实在是适者珍之。

最明显的例子就是榴梿了，强烈的爱好或特别的憎恶，并没有中间路线可走。我们闻到榴梿时喜欢得要命，但报纸上有一段新闻，说有六名意大利人，去到旺角花园街，见有群众围观，争先恐后地挤上前，东西没看到，只嗅到一阵毒气，结果六人之中，有五个被榴梿的味道熏得晕倒。此事千真万确，可以查到。

和以前的穷困有关，中国的发霉食物不少，内地有些省份，有的人家中有个臭缸，什么吃不完的东西都摆进去，发霉后，生出碧绿色的菌毛，长相恐怖，成为美食。

臭豆腐已是我们的国宝，黄的赤的都不吓人，有些还是漆黑的呢。上面长满像会蠕动的绿苔，发出令人忍受不了的异味，但一经油炸，又是香的了。

一般人还嫌炸完味道跑掉，不如蒸的香。杭州有道菜，用的是苋菜的梗。普通苋菜很细，真想不到那种茎会长得像手指般粗，用盐水将它腌得腐烂，皮还是那么硬，但里面的纤维已化为浓浆，吸噬起来，一股臭气攻鼻。用来和臭豆腐一起蒸，就是名菜“臭味相投”了。

未到北京之前，被老舍先生的著作影响，对豆汁有强烈的憧憬，找到牛街，终于在回民店里喝到。最初只觉一口馊水，后来才吃出香味，怪不得当年有一家名店，叫“馊半街”。

不知者以为豆汁就是大豆磨出来的，像豆浆，坏不到哪里去。其实只是绿豆粉加了水，沉淀在缸底的淀粉出现灰色，像海绵的浆，取之发酵后做成的，当然馊。什么叫馊？餐厅里吃剩的汤羹，倒入石油铁桶中，拿去喂猪的那股味道，就是馊了。

南洋有种豆，很臭，干脆就叫臭豆，用马来盏来炒，尚可口。另有一种草有异味，也干脆叫臭草，可以拿来煮绿豆汤，引经据典，原来臭草，又名芸香。

这些臭草臭豆，都比不上“折耳根”，有次在四川成都吃过，不但臭，而且腥，怪不得又叫“鱼腥草”，但一吃上瘾，从此见到此菜，非点不可。食物就是这样的，一定要大胆尝试，吃过之后，发现又有另一个宝藏待你去发掘。

芝士就是这个道理，愈爱吃愈追求更臭的，牛奶芝士已经不够看，进一步去吃羊奶芝士，有的臭得要浸在水中才能搬运，有的要霉得生出虫来。

洋食物的臭，不遑多让，他们的生火腿就有一股怪味道，与金华的香气差得远，那是腌制失败形成，但有些人却是要吃这种失败味。

其实他们的腌小鱼（Ahchovy）和我们的咸鱼一样臭，只是自己不觉，还把它们放进沙律中搅拌，才有一点味道，不然只吃生菜，太寡了。

日本琵琶湖产的淡水鱼，都用发酵的味噌和酒曲来腌制，叫为 Nuka Tsuke，也是臭得要死。初试的外国人都掩鼻而逃，我到现在也还没有接受那种气味，但腐烂的大豆做的纳豆，倒是很喜欢。

伊豆诸岛独特的小鱼干，用“室鰺”（Muroaji）晒成，是著名的“臭屋”（Kusa-Ya）。闻起来腥腥的，不算什么，但一经烧烤，满室臭味，日本人觉得香，我们受不了。

虾酱、虾膏，都有腐烂味，用来蒸五花腩片和榨菜片，不知有多香！南洋还有一种叫“虾头膏”的，是槟城的特产。整罐黑漆漆，如牛皮胶一般浓，小食“啰惹”或“槟城叻沙”，少了它，就做不成了。

“你吃过那么多臭东西，有哪一样是最臭的？”常有友人问我。

答案是肯定的，那是韩国人的腌魔鬼鱼，叫作“魟”，生产于祈安村地方，最为名贵，一条像沙发垫一样大的，要卖到七八千港币，而且只有母的才贵，公的便宜，所以野生的一抓到后，即刻斩去生殖器，令它变乸。

传说有些贵族被皇帝放逐到小岛上，不准他们吃肉，每天三餐只是白饭和泡菜，后来他们想出一个办法，抓了魟鱼，埋进木灰里面等它发酵，吃起来就有肉味。后来变成珍品，还拿回皇帝处去进贡呢。

腌好的魟鱼上桌，夹着五花腩和老泡菜吃，一塞入口，即刻有阵强烈的阿摩尼亚味，像一万年不洗的厕所，不过像韩国人说，吃了几次就上瘾。

天下最臭的，魟鱼还是老二，根据调查，第一应该是瑞典人做的鱼罐头，叫作 Surstromming（鲱鱼罐头）。用鲱鱼做原料，生杀后让它发霉，然后入罐。通常罐头要经过高温杀菌，但此罐免了，在铁罐里再次发酵，产生强烈的气味，瑞典人以此夹面包或煮椰菜吃。

罐头上有字句警告，开罐时要严守四点：一、开罐前放进冰箱，让气体下降；二、在家中绝对不能打开，要在室外进行；三、开罐前身上得围着围裙；四、确定风向，不然吹了股风来，不习惯此味的人会被熏晕。

有一个家伙不听劝告，在厨房打开了罐头，罐中液体四溅，味道有如十队篮球员一起除下数月不洗的鞋子，整个家，变成名副其实的“臭屋”。

面痴（上）

我已经不记得是什么时候，成为一个面痴。

只知从小妈妈叫我吃白饭，我总推三推四；遇到面，我就抢，怕被哥哥姐姐们先扫光。

“一年三百六十五日，天天给你吃面好不好？”妈妈笑着问。

我很严肃地大力点头。

第一次出国，到了吉隆坡，联邦酒店对面的空地是的士站，专做长程车到金马仑高原，三四个不认识的人可共乘一辆。到了深夜，我看有一摊小贩，其店名叫“流口水”，服务的士司机。

肚子饿了，吃那么一碟，美味之极，从此中面毒更深。

那是一种叫福建炒面的，只在吉隆坡才有，我长大后去福建，也没吃过同样味道的东西。首先，是面条，和一般的黄色油面不同，它比日本乌冬面还要粗，切成四方形的长条。

下大量的猪油，一面炒一面撒大地鱼粉末和猪油渣。其香味可想而知，带甜，是淋了浓稠的黑酱油，像海南鸡饭的那种。

配料只有几小块的鱿鱼和肉片，炒至七成熟，撒一把椰菜、豆芽和猪油渣进去，上锅盖，让料汁炆进面内，打开锅盖，再翻炒几下，一碟黑漆漆、乌油油的福建炒面大功告成。

有了吉隆坡女友之后，去完再去，福建炒面吃完再吃。有一档开在银行后面，有一档在卫星市，还有最著名的茨厂街“金莲记”。

最初接触到的云吞面我也喜欢，记得吃的是“大世界游乐场”中由广州来的小贩档，店主、伙计都是一人包办。连工厂也包办。一早用竹升打面，下午用猪骨和大地鱼滚好汤，晚上卖面。宣传部也由他负责，把竹片敲得笃笃作响。

汤和面都很正宗，只是叉烧不同。猪肉完全用瘦的，涂上麦芽糖，烧得只有红色，没有焦黑，因为不带肥，所以烧不出又红又黑的效果来。

从此一脉相传，南洋的叉烧面用的叉烧，都又枯又瘦。有些小贩手艺也学得不精，难吃得要命，但这种难吃的味道已成为乡愁，会专找来吃。

南洋的云吞面已自成一格，我爱吃的是干捞，在空碟上下了黑醋、酱油、番茄酱、辣酱。面用热水煮好，沥干水分，混在酱料中，上面铺几条南洋天气下长得不肥又不美的菜心，再有几片雪白带红的叉烧。另外奉送一小碗汤，汤中有几粒云吞，包得很小，皮多馅少。

致命的引诱，是下了大量的猪油渣，和那碟小酱油中的糖醋绿辣椒，有这两样东西，什么料也可以不加，就能连吃三碟，因为面的分量到底不多。

二十世纪六十年代到了日本，他们的经济尚未起飞，民生相当贫困。新宿西口的车站是用木头搭的，走出来，在桥下还有流莺，她们吃的消夜，就是小贩档的拉面。

凑上去试一碗，那是什么面？硬邦邦的面条，那碗汤一点肉味也没有，全是酱油和水勾兑出来的，当然下很多的味精，但价钱便宜，是最佳选择。

当今大家吃的日本拉面，是数十年后经过精益求精的结果，才有什么猪骨汤、面豉汤底的出现，要是现在各位吃了最初的日本拉面，一定会吐出来。

即食面也是那个年代才发明的，但可以说和当今的产品同样美味，才会吃上瘾，或者说是被迫吃上瘾吧！那是当年最便宜最方便的食物，家里是一箱箱地买，一箱二十四包，年轻胃口大，我一个月要吃五六箱。

什么？全吃即食面？一点也不错，薪水一发，就请客去，来访的友人都不知日本物价的贵，一餐往往要吃掉我的十分之八九的收入，剩下的，就是交通费和即食面了。

最原始的即食面，除了那包味精粉，还有用透明塑料纸包着的两片竹笋干，比当今什么料都不加的豪华，记得也不必煮，泡滚水就行。

医生劝告味精吃得太多对身体有害，也有三姑六婆传说即食面外有一层蜡，吃多了会积一团在肚子里面。完全是胡说八道，即食面是恩物，我吃了几十年，还是好好活着。

到韩国旅行，他们的面用杂粮制成，又硬又韧。人生第一次吃到一大汤碗的冷面，上面还浮着几块冰，侍者用剪刀剪断，才吞得进去。

但这种面也能吃上瘾，尤其是干捞，混了又辣又香又甜的酱料进去，百食不厌，至今还很喜欢，也制成了即食面，常买来吃。至于那种叫“辛”的即食汤面，我就远离，虽然能吃辣，但就不能喝辣汤，一喝喉咙就红肿，拼命咳起嗽来。

当今韩国当为国食的炸酱面，那是山东移民的专长，即叫即拉。走进餐馆，一叫面就会听到砰砰碰碰的拉面声，什么料也没有，只有一团黑漆漆的酱，加上几块洋葱。吃呀吃呀，变成韩国人最喜欢的东西，一出国，最想吃的就是这碗炸酱面，和香港人怀念云吞面一样。

说起来又记起一段小插曲，我们一群朋友，有一个画家，小学时摔断了一只胳臂，他是一个孤儿，爱上另一个华侨的女儿，我们替他去向女友的父亲做媒，那家伙说我女儿要嫁的是一个会拉面的人，我们大怒，说：“你明明知道我们这个朋友是独臂的，还能拉什么面？”说要打人，那个父亲逃之夭夭。

面痴（下）

到欧洲，才知道意大利人是那么爱吃面的，但不叫面，叫粉。

你是什么人，就吃什么东西；意大利人虽然吃面，但跟我们的吃法完全不同，他们一开始就把面和米煮得半生不熟，就说那是最有“齿感”或“咬头”的，我一点也不赞成。

唯一能接受的是“天使的头发”（Capelli D' angelo），它和云吞面异曲同工。后来，在意大利住久了，也能欣赏他们的粗面，所谓的意粉。

意粉要做得好吃不易，通常照纸上印的说明，再加一两分钟就能达到完美。意大利有一种地中海虾，头冷冻得变成黑色，肉有点发霉。但别小看这种虾，用几尾来拌意粉，是天下美味。其他的虾不行。用香港虾，即使活生生的，也没那种地中海海水味。谈起来抽象，但试过的人就知道我说些什么了。

也有撒上乌鱼子的意粉，有些人不知道，以为乌鱼子只有日本人才吃。

撒上芝士粉的意粉，芝士永远和面不融合在一起，芝士是芝士，粉是粉。但有种烹调法，是把像厨师砧板那么大的一块芝士，挖深了，成为一个鼎，把面用热水煮熟后放进去捞拌，才是最好吃的意大利面。

到了南斯拉夫，找不到面食。后来住久了，才知道有种鸡丝面，和牙签般细，也像牙签那么长，很容易煮熟。滚了汤，撒一把放进去，即成。因为没有云吞面吃，就当它是了，汤很少，面多，慰藉乡愁。

去了印度，找小时爱吃的印度炒面，下很多番茄酱和酱油去炒，配料只有些椰菜、煮熟了的番薯块、豆卜和一丁点儿的羊肉，炒得面条完全断掉，是我喜欢的。但没有找到，原来我吃的那种印度炒面，是移民到南洋的印度人发明的。

在台湾生活的那几年，面吃得最多，当年还有福建遗风，炒的福建面很地道，用的当然是黄色的油面，下很多料，有猪肉片、鱿鱼、生蚝和鸡蛋。炒得半熟，下一大碗汤下去，上盖，炆熟为止，实在美味，吃得不亦乐乎。

本地人做的叫切仔面，所谓切，是用热水煮的意思。切，也可以真切，把猪肺、猪肝、烟熏黑鱼等切片，乱切一通，也叫“黑白切”，撒上姜丝，淋着浓稠的酱油膏当料，非常丰富，是我百吃不厌的。

他们做得最好的当然是“度小月”一派的担仔面，把面用热水煮熟，再一小茶匙一小茶匙地把肉末酱浇上去。至今还保留着这个传统，面担一定摆着一缸肉酱，吃时来一粒贡丸或半个卤鸡蛋，面上也加了些芽菜和韭菜，最重要的是酥炸的红葱头，香港人叫干葱的，有此物，才香。

回到香港定居，也吃上海人做的面，不下鸡蛋，也没有碱水，不香，不弹牙。此种面我认为没味道，只是代替米饭来填肚而已，但上海友人绝不赞同，骂我不懂得欣赏，我当然不在乎。

上海面最好吃的是粗炒，浓油赤酱地炒起来，下了大量的椰菜，肉很少，但我很喜欢吃，至于他们的煨面，煮得软绵绵，我没什么兴趣。

浇头，等于一小碟菜。来一大碗什么味道都没有的汤面，上面淋上菜肴，即成。我也不觉得有什么特别之处。最爱的是葱油拌面，把京葱切段，用油爆焦，就此拌面，什么料都不加，非常好吃。可惜当今到沪菜馆一叫这种面，问说是不是下猪油，对方都摇头。葱油拌面，不用猪油，不如吃发泡胶。也有变通办法，那就是另叫一客红烧蹄髈，捞起猪油，用来拌面。

香港什么面都有，但泰国的干捞面叫Ba-Mi Hang的就少见了，我再三提倡这种街边小吃，当今在九龙城也有几家人肯做。用猪油，灼好猪肉碎、猪肝和猪肉丸，撒炸干葱和大蒜蓉，下大量猪油渣，其他还有数不清的配料，面条反而是一小撮而已，也是我的至爱。

想吃面想得发疯时，可以自己做，每天早餐都吃不同的面，家务助理被我训练得都可以回老家开面店。

星期一做云吞面，星期二做客家人的茶油拌面，星期三做牛肉面，星期四做炸酱面，星期五做大卤面，星期六做南洋虾面，星期天做蔡家炒面。

蔡家炒面传承福建炒面的传统，用的是油面，先用猪油爆香大蒜，放面条进锅，乱炸一通，看到面太干，就下上汤煨之，再炒，看干了，打两三个鸡蛋，和面混在一块儿，这时下腊肠片、鱼饼和虾，再炒，等料熟，下浓稠的黑酱油及鱼露吊味，这时可放豆芽和韭菜，再乱炒，上锅盖，焖它一焖，熄火，即成。

做梦也在吃面。饱得再也撑不进肚，中国人说饱，拍拍肚子；日本人说饱，用手放在颈项；西班牙人吃饱，是双手指着耳朵示意已经饱得从双耳流出来。

我做的梦，多数是流出面条来。

米粉颂

除了面，我最爱的就是米粉了。

米粉基本上用米浆制作，有种种的形态，不可混淆。很粗的叫米线，也有掺了粟粉的越南米线，称之为檬，有点像香港人做的濑粉。更细的是内地米粉，比内地米粉还要幼细，只有它三分之一粗的，是台湾的新竹县产的米粉。而天下最细的是掺了面粉的面线，比头发粗了一点罢了。

我们要谈的，集中于内地米粉和台湾米粉。

制作过程相当繁复，古法是先把优质米洗净后泡数小时，待米粒膨胀并软化，便能放入石磨中人工磨出米浆来。装入布袋，把米浆中的水分压干，就可以拿去蒸了。

只蒸五成熟，取出扭捏成米团，压扁，拉条。只有最熟练的工人可以拉出最幼细的米条，即入开水中煮，再过冷河，以免粉条粘黏。最后晒干之前，拆成一撮撮，用筷子夹起，对折平铺在竹筛上，日晒而成。

要做出好的米粉不易，完全靠厂家的经验和信用，产品幼细，在煮熟后也不折断。进口有咬头，太硬或太软都是次货，而颜色带点微黄，要是全为洁洁白白的米粉，那么一定是经过漂白，不知下了什么化学物质，千万别碰。

多年前，还能在“裕华百货”的地下食品部买到新鲜运来的东莞米粉，拿来煮汤，最为好吃。当今的已多是干货了。菜市场中的面档，也能买到本地制作的新鲜粗米粉，大多数是供应给越南或泰国餐馆做檬的。

到了高级一点的杂货店，像九龙城的“新三阳”，就能买到各种干米粉。最多人光顾的是“孔雀牌”东莞米粉和“双雀牌”江门排粉，都属于较粗的内地米粉，茶餐厅所煮的汤米，都用这两个牌子的货，它们易断，味道不是太坏，也并不给人惊为天人的感觉。

质地较韧的有“天鹅牌”，它煮熟后不必过冷河，即可进食，米质也较佳，为泰国制造，“超力”总代理。“超力”自己也生产米粉，若嫌麻烦，要吃即食包装的银丝米粉，最有信用。

众多的米粉之中，我最爱吃的是台湾米粉，也有多种选择。大集团“新东阳”生产的，还有“虎牌”的新竹米粉等，因为台湾米粉价贵，当今在福建也大量生产新竹米粉，只卖五分之一的价钱。

长年的选择和试食之下，发现新竹米粉之中，最好吃的是“双龙牌”，由新华米粉厂制作。

新竹米粉不必煮太久，和即食面的时间差不多就能进食，也不必过冷河。家里有剩菜、剩汤，翌日加热水，把新竹米粉放进去滚一滚，就是一样很好的早餐。

米粉和肥猪肉的配合极佳，它能吸收油质。买一罐梅林牌的红烧扣肉罐头，煮成汤，下米粉，亦简易。下一点功夫，炆只猪脚煮米粉，是台湾人生日必吃的，我也依足这个传统，在那一天煮碗猪脚米粉，为自己庆祝一下。

说到炒，台湾人的炒米粉可说天下第一了，做法说简单也简单，说难亦难。台湾人娶媳妇，首先叫她炒个米粉判手艺，好坏有天渊之别。

配料丰俭由人，最平凡的只是加些豆芽，台湾叫的高丽菜，香港人的椰菜，就可以炒出素米粉来。豪华的可要用虾米、猪肉、黑木耳、鸡蛋和冬菇等，也不是太贵的食材，切丝后备用。

炒时下猪油，爆香蒜蓉。米粉先浸它十分钟，捞起下锅。左手抓锅铲，右手抓筷子，迅速地一面翻炒一面搅，才不至于粘底变焦。太干时，即刻放浸了虾米的水，当成上汤，炒至半熟，把米粉拨开，留出中间的空位，再下猪油和蒜，爆香上述配料。这时全部混在一起炒，最后下酱油调味，大功告成。

一碟好的炒米粉，吃过毕生难忘。

下些味精，无可厚非，但如果你对它敏感，就可炒南瓜米粉。南瓜带甜，先切成幼丝，炒至半糊，再下米粉混拌。要豪华，加点新鲜蛤蜊肉。台湾南部的人炒南瓜米线，最为拿手。

香港茶餐厅中也有炒米粉这一道菜，但没多少家做得好，九龙城街市三楼熟食档中的“乐园”，炒的米粉材料中有午餐肉、鸡蛋、菜心、肉丝及雪里蕻，非常精彩，我自己不做早餐时就去点来吃。

我们熟悉的星洲炒米，只是下了一些咖喱粉，就冒称南洋食品，其实它已成为香港菜了，有独特的风格。

在星马吃到的炒米粉，多数是海南人师傅传下的手艺。先下油，把泡开的米粉煎至半焦，再炒鱿鱼、肉片、虾和豆芽，下点粉把菜汁煮浓，再淋在米粉上面，上桌时等芡汁浸湿了米粉再吃。记忆中，他们用的米粉也很细，不是内地货，当年又不从新竹进货，南洋应有一些很好的米粉厂供应。

如果你也爱吃米粉，那么试试自己做吧。煮也好炒也好，失败几次就成为高手。也不一定依足传统，可按照煮面或意大利粉的方法去尝试。米粉只是一种最普遍的食材，能不能成为佳肴，全靠你自己的要求。

怀旧大包

本来想讲广东三大点心：虾蛟、烧卖和叉烧包，但最后还是决定写怀旧大包。

本名大包，已没人做了，故冠上“怀旧”二字。此名也被当成俚语，卖大包——任人抄，是大做人情，不计工本。

当今能在香港吃到较为正宗的大包，只有北角和旺角那两家“凤城酒家”的姊妹店，陆羽茶室也罕见，因为吃一个就饱，做不成生意。

大小有标准吗？许多大包都不够大，应该是蒸四粒虾饺烧卖的蒸笼装得进一个的，才有资格叫大包。

馅的内容有没有规定？原则上应有鸡球、鸡蛋和叉烧这三样主要的材料，故旧时也叫作三星大包。

也有传说是酒楼当晚吃剩下什么，翌日便斩件制成馅，但当今的这三种主要食材，都不是什么贵货，也不必利用隔夜饭菜吧。

其他的，恣意加上好了，通常有腊肠、腊肉、咸蛋黄、冬菇、火鸭。有些茶楼，名副其实地“任人抄”，加上鲍鱼、鱼翅、鱼唇和鹅肝酱等，已不平民化，失去了意义。

自己做难吗？难！难在做大包的皮。和叉烧包的皮一样，先得发面粉，将面粉筛过，加清水，还要放发粉之类的东西，叫面种。

揉拌至面种柔滑，在室温中发酵七八个小时，看天气增减。接下来的步骤最难控制，得加碱水，碱水分量全凭经验，然后放白糖，再搓揉。又得再加干面粉，揉匀过程中添少许清水，让面团更加绵软顺滑。

将皮分件，用木棍压平，包入馅，下面垫上薄的底纸，有时撕不干净，成为吃纸。不铺又会觉得缺了这个步骤，是不是正宗？甚为纠缠。

猛火蒸，因包大，要十五分钟以上才能熟透。这时，香喷喷上桌，看见那个头之大，孩子都“哇”的一声叫了出来。这种味觉和童趣，是汉堡包永远给不了我们的。

看戏小吃

当年，到戏院看电影，是生活的一部分，既然一定要进行，为什么不制造乐趣？其中之一，就是吃零食。

小时候的电影院外，必有一档印度人卖豆，叫Kachah Putee，小贩用张报纸卷成一个圆尖的小筒，抓一把豆装进去，五毛钱，一面看戏一面吃，乐趣无穷。

另有印尼小贩卖炸虾片，大块小块任君选择，有时还看到炸鱼饼，做成圆圆一粒粒，像鱼丸那么大，实在美味。问题是吃起来噼噼啪啪，嘻嘻沙沙，自己享受可好，别人吃就嫌太吵了。

后来到了日本，看戏时就见不到观众吃东西，日本人都太有礼貌，认为看戏就看戏，不应做其他事，吃东西尤其不雅。

在泰国生活时，小吃最多，玉蜀黍甜得不得了，拼命啃。有时来一包炸蟋蟀，味道有如烤鱿鱼那么香。加上小贩供应的冰奶茶，是装进塑料袋的，插了一支吸管就那么喝，大乐也。

到了台湾，鸭舌头是少不了的，愈吃愈有味道，有时连最紧张的画面，也因要看啃得干不干净而错过。那时候和新交的女友一起去看戏，我大包小包地拿出来问："要不要吃？"

对方摇头，我又拿出一瓶台湾做的绍兴酒，问："要不要喝？"

差点把女友都吓跑了。

不过小吃之多，总比不上香港，当年电影开场之前必到小贩档口，看到无数诱人的食物，还有酸姜皮蛋呢，盐焗鹌鹑蛋、咖喱鱼蛋，等等等等，应有尽有。

最喜欢的是猪肝了，卤汁带红，小贩用一把特制的小刀，面包块般大，头是尖的，猪肝相当硬，要用力一刀刀切开，涂上黄芥末和红辣酱。最后从和尚袋中拿出一瓶小号白兰地喝，什么烂戏都变成佳作，哪有当今吃爆谷和可乐那么闷呢？

一桌斋菜

最近有缘认识了一群佛家师父，带他们到各斋铺吃过，满意的甚少，有机会的话，想亲自下厨，做一桌素食孝敬孝敬。

“你懂得吃罢了，会做吗？”友人怀疑。

我一向认为欣赏食物，会吃不会做，只能了解一半。真正懂得吃的人，一定要体验厨师的辛勤和心机，才能领略到吃的真髓。

“是的，我会烧菜，做得不好而已。”我说。

“你写食评的专栏名叫《未能食素》，这证明你对斋菜没有研究，普通菜色你也许会做几手，烧起斋来，你应付得了？”友人又问。

《未能食素》是题来表现我的六根不清净，欲念太多罢了，并不代表我只对荤菜有兴趣。不过老实说，自己吃的话，素菜和荤菜给我选择，还是后者。贪心嘛，想多一点花样。

斋就斋吧！我要做的并非全部自己想出来的，多数是以前吃过，留下深刻印象，当今将之重温而已。

第一道小菜在“功德林”尝过，现在该店已不做的“炸粟米须”。向小贩讨些他们丢掉的粟米须，用猛火一炸，加芝麻和白糖而成。就那么简单，粟米须炸后变黑，看不出也吃不出是什么东西，但很新奇可口。将它演变，加入北京菜的炸双冬做法，用冬笋和珍珠花菜及核桃炸得干干脆脆，上面再铺上粟米须，这道菜相信可以骗得过人。

接是冷盘，用又圆又大的草菇。灼熟，上下左右不要，切成长方片；再把新界芥蓝的梗也灼熟，同样切为长方，铺在碎冰上面。吃时，点带甜的壶底酱油，刺身吃法，这道斋菜至少很特别。

做多一道凉菜，买大量的羊角豆，洋人称之为“淑女的手指”。剥开皮，只取其种子。另外熬一大锅草菇汁来煨它，让羊角豆种子吸饱，摊冻了上桌。用小羹匙舀一勺细嚼，羊角豆种子在嘴中咬破，“波”的一声流出甜汁，没尝过的人会觉得稀奇吧。

接着是汤了，单用一种食材——萝卜。把萝卜切成大块，清水炖之，炖至稀烂不见水为止。将萝卜刨成细丝，再炖过。这次不能炖太久，保持原形，留一点咀嚼的口感，上桌时在面上撒夜香花。

事先熬一锅牛肝菌当上汤，就可以用来炆和炒其他食材了。

买一个大白菜，只取其芯，用上汤熬至软熟，用意大利小型的苦白菜做底，生剥之，铺成一个莲花状，再把炆好的白菜装进去，上面刨一些庞马山芝士碎上桌。

芝士茄素者是允许的，买最好的水牛芝士，切片，就那么煎，煎至发焦，也是一道又简单又好吃的菜。

油也可起变化，弃无味之粟米油，用首榨橄榄油、葡萄核油、向日葵油或腌制过黑松菌的油来炒蔬菜，更有一番滋味。

以食材取胜，用又甜又脆的芥蓝头，带苦又香的日本菜花，甚有咬头的全木耳，吸汁吸味的荷叶梗等等清炒，靠油的味道取胜。

苦瓜炒苦瓜，是将一半已经灼熟，一半完全生的苦瓜一起炒豆豉，食感完全不同。

把豆腐渣用油爆香，本来已是一道完美的菜，再加鲜奶炒。学大良师傅的手法炮制，将豆腐渣掺在牛奶里面炒，变化更大。

这时舌头已觉寡，做道刺激性的菜佐之。学习北京的芥末墩做法，把津白用上汤灼熟，只取其头部，拌以酱料。第一堆用黄色的英国芥末，第二堆用绿色的日本山葵，第三堆是韩国的辣椒酱，混好酱后摆回原形，三个白菜头有三种颜色，悦目可口。

轮到炖了，自制又香又浓的豆浆。做豆浆没有什么秘诀，水兑得少，豆下得多，就是那么简单。在做好的浓豆浆中加上新鲜的腐皮，炖至凝固，中间再放几粒绿色的银杏点缀一下，淋四川麻辣酱。

已经可以上米饭了，用松子来炒饭太普通，不如把意大利粉煮得八成熟，买一罐磨碎的黑松菌罐头，舀几匙进去油拌，下点海盐，即成。逢上意大利白松菌长成的季节，买几粒大的削成薄片铺在上面，最豪华奢侈。

最后是甜品。

潮州锅烧芋头非用猪油不香，芋头虽然是素，但已违反了原则，真正斋菜连酒也不可以加，莫说动物油了。

只能花心机，把大菜膏溶解后，放在一锅热水上备用，这样才不会凝固。云南有种可以吃的茉莉花，非常漂亮，用滚水灼一灼，摊冻备用。

这时，用一个尖玻璃杯，把加入桂花糖的大菜膏倒一点在杯底，花朵朝下，先放进一朵花，等大菜膏凝固，在第二层放进三朵，以此类推，最后一层是数十朵花，把杯子倒转放入碟中上桌，美得舍不得吃。

上述几道菜，有什么名堂？我想不出。最好什么名都不要。我最怕太过花巧的菜名，有的用七字诗来形容，更糟透了。最恐怖的还是什么斋乳猪、烧鹅、叉烧、卤肉之类的名称。心中吃肉，还算什么斋呢？

南禅寺

大雪中的京都，这个到处都是寺庙的古城，被一片白色笼罩着庙顶和大地，又是另一种感觉。

南禅寺离开市中心不远。大门有三重，庄严，宽大，院中有“枯山水”庭园设计。它并不像一般寺庙那么有香火气，平平静静，朝拜者不多。

我和朋友三人，一块儿到访，主要不是去参禅，而是去尝这间寺里出名的“奥丹”汤豆腐。

和尚招呼我们到一个小亭中，除了四根柱子没有任何东西挡风，大雪纷飞，我们扫开小椅上的积雪坐下。

接着和尚拿了四瓶烫热的清酒给我们，各人连饮数杯，敬回和尚，他也是海量。和尚也可以吃酒吗？他答道，美好的东西，佛也应该尝之。

看他在寒冷中只穿一件单衣，脸不喝醉已通红，身体异常健壮，似有武功，对白幽默，有如武侠小说中的人物。

汤豆腐装在一个大砂锅中，下面生炭火，热烘烘地上桌。

往锅中一看，锅底铺着一大块日本人叫昆布的海带。

整锅汤的味道就是出自这片海带，上面滚着雪白的豆腐，单单这两样，其他什么佐料也没有。

这么清淡的东西怎么吃得下？刚这样想的时候，豆腐的香味已喷出，一阵阵地直冲入鼻。我们正要举筷，和尚说再过一会儿才入味。只好耐心等待。

日本人说京都是从水中生出来的，原来京都这地方在太古时代是由湖底隆起的沙土堆积而成，它的湖水和川的水极清，酿出来的酒香甜。

我们喝的是伏见川酒，猛饮后不知不觉中醉意袭来。

汤豆腐已经可以吃了，用一根削尖的竹管往小方块豆腐上一插，提起来蘸了淡酱油入口。

正如墨有五色，这豆腐也有五种不同味道，留下无穷的回忆。

雪已渐小，天气转暖，地下积雪慢慢融化，即结成薄冰，夕阳反射，小道变成一条黄金带子，我们相扶起身，一路高歌。和尚在寺门口笑口送客，一片禅味。

图书在版编目（CIP）数据

活得通透 /（新加坡）蔡澜著 . -- 北京 : 光明日报出版社，2023.3

ISBN 978-7-5194-6980-1

Ⅰ . ①活… Ⅱ . ①蔡… Ⅲ . ①散文集—新加坡—现代 Ⅳ . ① I339.65

中国版本图书馆 CIP 数据核字 (2022) 第 240945 号

著作权合同登记号　图字：01-2023-0659

活得通透
HUO DE TONGTOU

著　　者：［新加坡］蔡澜

责任编辑：谢　香　徐　蔚　　责任校对：傅泉泽
封面设计：别境 lab　　责任印制：曹　净
内文插图：李知弥

出版发行：光明日报出版社
地　　址：北京市西城区永安路 106 号，100050
电　　话：010-63169890（咨询），010-63131930（邮购）
传　　真：010-63131930
网　　址：http://book.gmw.cn
E - mail：gmrbcbs@gmw.cn
法律顾问：北京兰台律师事务所龚柳方律师

印　　刷：天津鑫旭阳印刷有限公司
装　　订：天津鑫旭阳印刷有限公司
本书如有破损、缺页、装订错误，请与本社联系调换，电话：010-63131930

开　　本：146mm × 210mm　　印　　张：8.5
字　　数：169 千字
版　　次：2023 年 3 月第 1 版
印　　次：2023 年 3 月第 1 次印刷
书　　号：ISBN 978-7-5194-6980-1

定　　价：49.80 元